精選原著

西遊記

周偉明 選編

商務印書館

精選原著西遊記

作　　者：〔明〕吳承恩

選　　編：周偉明

責任編輯：吳一帆

封面設計：涂　慧

出　　版：商務印書館 (香港) 有限公司

　　　　　香港筲箕灣耀興道 3 號東滙廣場 8 樓

　　　　　http://www.commercialpress.com.hk

發　　行：香港聯合書刊物流有限公司

　　　　　香港新界荃灣德士古道 220—248 號荃灣工業中心 16 樓

印　　刷：中華商務彩色印刷有限公司

　　　　　香港新界大埔汀麗路 36 號中華商務印刷大廈 14 樓

版　　次：2024 年 9 月第 1 版第 2 次印刷

　　　　　© 2018 商務印書館 (香港) 有限公司

　　　　　ISBN 978 962 07 4570 6

　　　　　Printed in Hong Kong

出版説明:原著與精選

經典值得看,也值得選。

古往今來,經典不少,即使只是翻閱一遍也不是人人都能負擔。因此我們選出經典原著的精華,印成小書。讀了小書之後,如果你對那大書發生興趣,則於我們實在是意外之喜。而無論如何,曾經讀過原著,即使是小書,也算親身體驗,少了些人云亦云。

為甚麼以原著精選而不以常見的改寫方式呢?因為文學經典的好處往往在字裏行間,學術經典的好處往往在轉折推理,保持原作的神韻和精彩處是這套精選本的心力所在。有時原作文字太深,要譯為白話,或篇幅過巨,迫得割捨部分章節,雖然與原意有點不符,但事非得已。

《西遊記》流傳甚廣,戲曲、電影、連環圖均有取材於這本書。唐三藏和孫悟空西天取經的故事,中國人都耳熟能詳。然而《西遊記》原著仍有再讀的價值,因為作者吳承恩的獨特幽默感滲透於文字間,讀之令人忍俊不禁,與欣賞電影、戲曲相比,別有一番味道。本書選取原著精彩章節,稍加縮寫,使讀者能於短時間內體會這本名著的韻味。部分同音同義的用字,為適應現代讀者的用字習慣,已改成今日的字。

商務印書館編輯部

目　錄

第一回

石猴出世花果山
拜師學法名悟空

話說海外有一傲來國，國近大海，海中有一座花果山，那座山頂上，有一塊仙石，有三丈六尺五寸高，二丈四尺圍圓，四面無樹木遮陰，左右倒有芝蘭相襯。蓋自開闢以來，每受天真地秀，日精月華，感之既久，遂有靈通之意。內育仙胞，一日迸裂，產一石卵，似圓毬樣大。因見風，化作一個石猴，五官俱備，四肢皆全。

那猴在山中，卻會行走跳躍，食草木，飲澗泉，採山花，覓樹果；與狼蟲為伴，虎豹為羣，夜宿石崖之下，朝遊峰洞之中。真是"山中無甲子，寒盡不知年"。一朝天氣炎熱，與羣猴避暑，都在松陰之下玩耍。一羣猴子耍了一會，卻去那山澗中洗澡。見那股澗水奔流，真個似滾瓜湧濺。眾猴都道：“這股水不知是哪裏的水。我們順澗邊往上溜頭尋看源流去耶！”喊一聲，呼弟呼兄，一齊跑來，順澗爬山，直至源流之處，乃是一股瀑布飛泉。

眾猴拍手稱揚道：“好水！好水！原來此處遠通山腳之下，直接大海之波。”又道：“哪一個有本事的，鑽進去尋個源頭出來，不傷身體者，我等即拜他為王。”連呼了三聲，忽見叢雜中跳出一個石猴，應聲高叫道：“我進去！我進去！”那石猴瞑目蹲身，將身一縱，徑跳入瀑布泉中，忽抬頭觀看，那裏邊卻無水無波，明明朗朗的一架橋樑。他住了身，定了神，仔細再看，原來是座鐵板橋。橋下之水，沖貫於石竅之間，倒掛流出去，遮閉了橋門。卻又欠身上橋頭，再走再看，卻似有人家住處一般，真個好所在。

看罷多時，跳過橋中間，左右觀看，只見正當中有一石碣。上有一行楷書大字：“花果山福地，水簾洞洞天”。石猿喜不自勝，急抽身往外便走，復瞑目蹲身，跳出水外，打了兩個呵呵道：“大造化！大造化！”眾猴把他圍住，問道：“裏面怎麼樣？水有多深？”石猴道：“沒水！沒水！原來是一座鐵板橋。橋那邊是一座天造地設的家當。”眾猴道：“怎見得是個家當？”石猴笑道：“這股水乃是橋下沖貫石橋，倒掛下來遮閉門戶的。橋邊有花有樹，乃是一座石房。房內有石窩、石灶、石碗、石盆、石牀、石凳。中間一塊石碣上，鐫着‘花果山福地，水簾洞洞天’。真個是我們安身之處。裏面且是寬闊，容得千百口老小。我們都進去住也，省得受老天之氣。”

眾猴聽得，個個歡喜。都道：“你還先走，帶我們進去！”石猴卻又瞑目蹲身，往裏一跳，叫道：“都隨我進來！”那些猴有膽大的，都跳進去了；膽小的，一個個伸頭縮頸，抓耳撓腮，大聲叫喊，才一會，也都進去了。跳過橋頭，一個個搶盆奪碗，佔灶爭牀，正是猴性頑劣，再無一個寧時，只搬得力倦神疲方止。石猴端坐上面道：“列位呵，你們才説有本事進得來，出得去，不傷身體者，就拜他為王。我如今進來又出去，出去又進來，尋了這一個洞天與列位安眠隱睡，各享成家之福，何不拜我為王？”眾猴聽説，即拱伏無違。一個個序齒排班，朝上禮拜。都稱“千歲大王”。自此，石猴高登王位，將“石”字兒隱了，遂稱美猴王。

美猴王領一羣猿猴、獼猴、馬猴等，分派了君臣佐使，朝遊花果山，暮宿水簾洞，合契同情，不入飛鳥之叢，不從走獸之類，獨自為王，不勝歡樂。

美猴王享樂天真，何期有三五百載。一日，與羣猴喜宴之間，忽然憂惱，墮下淚來。眾猴慌忙羅拜道：“大王何為煩惱？”猴王道：“我雖在歡喜之時，卻有一點兒遠慮，故此煩惱。”眾猴又笑道：“大王好不知足！我等日日歡會，在仙山福地，古洞神洲，不伏鳳凰管，又不伏人間王位所拘束，自由自在，為何遠慮而憂也？”猴王道：“今日雖不歸人王法律，不懼禽獸威服，將來年老血衰，暗中有閻王老子管着，一旦身亡，不得久注天人之內！”眾猴聞此言，一個個掩面悲啼。

　　只見那班部中，忽跳出一個通背猿猴，厲聲高叫道：“大王若是這般遠慮，真所謂道心開發也！如今九洲之內，惟有三等名色，不伏閻王老子所管。”猴王道：“你知哪三等人？”猿猴道：“乃是佛與仙與神聖三者，躲過輪迴，不生不滅，與天地山川齊壽。”猴王道：“此三者居於何所？”猿猴道：“他只在閻浮¹世界之中，古洞仙山之內。”猴王聞之，滿心歡喜，道：“我明日就辭汝等下山，雲遊海角，遠涉天涯，務必訪此三者，學一個不老長生，常躲過閻君之難。”眾猴鼓掌稱揚，都道：“善哉！善哉！我等明日越嶺登山，廣尋些果品，大設筵宴送大王也。”

　　次日，眾猴果去採仙桃，摘異果，擺開石凳石桌，排列仙酒仙餚。羣猴尊美猴王上坐，各依齒肩排於下邊，一個個輪流上前，奉酒，奉果，痛飲了一日。次日，美猴王早起，教：“小的們，替我折些枯松，編作筏子，取個竹竿作篙，收拾些果品之類，我將去也。”果獨自登筏，盡力撐開，飄飄盪盪，趁着天風，渡洋過海，尋仙訪道。

如是者不覺八九年。一日飄過西海，直至西牛賀洲地界。登岸遍訪多時，過一山坡，約有七八里遠，果然望見一座洞府，只見那洞門緊閉，靜悄悄杳無人跡。忽回頭，見崖頭立一石牌，約有三丈餘高，八尺餘闊，上有一行十個大字，乃是“靈台方寸山，斜月三星洞”。美猴王十分歡喜道：“果有此山此洞。”看夠多時，不敢敲門。且去跳上松枝梢頭，摘松子吃了玩耍。少頃間，只聽得呀的一聲，洞門開處，裏面走出一個仙童，真個丰姿英偉，相貌清奇，比尋常俗子不同。那童子出得門來，高叫道：“甚麼人在此騷擾？”猴王撲地跳下樹來，上前躬身道：“仙童，我是個訪道學仙之弟子，不敢在此騷擾。”仙童笑道：“你是個訪道的麼？”猴王道：“是。”童子道：“我家師父，正才下榻，登壇講道，還未說出緣由，就教我出來開門。說：‘外面有個修行的來了，可去接待接待。’想必就是你了？”猴王笑道：“是我，是我。”童子道：“你跟我進來。"

這猴王整衣端肅，隨童子徑入洞天深處觀看：一層層深閣瓊樓，直至瑤台之下。見那菩提祖師端坐在台上，兩邊有三十個小仙侍立台下。美猴王一見，倒身下拜，磕頭道："師父！師父！我弟子志心朝禮！志心朝禮！"祖師道："你是哪方人氏？且說個鄉貫姓名明白，再拜。"猴王道："弟子乃東勝神洲傲來國花果山水簾洞人氏。"

祖師道："你姓甚麼？"猴王又道："我無性。人若罵我，我也不惱；若打我，我也不嗔，只是陪個禮兒就罷了。"祖師道："不是這個性。你父母原來姓甚麼？"猴王道："我也無父母。"祖師道："既無父母，想是樹上生的？"猴王道："不是樹上生，卻是石裏長的。我只記得花果山上有一塊仙石，其年石破，我便生也。"祖師聞言，暗喜道："這等說，卻是個天地生成的。你起來走走我看。"猴王縱身跳起，拐呀拐地走了兩遍。祖師笑道："你身軀雖是鄙陋，卻像個食松果的猢猻，就教你姓'孫'罷。"猴王聽說，滿心歡喜，朝上叩頭道："好！好！今日方知姓也。萬望師父慈悲！既然有姓，再乞賜個名字，卻好呼喚。"祖師道："我門中有十二個字，分派起名，到你乃第十輩之小徒矣。"猴王道："哪十二個字？"祖師道：“乃廣、大、智、慧、真、如、性、海、穎、悟、圓、覺十二字。排到你，正當‘悟’字。與你起個法名叫作‘孫悟空’，好麼？”猴王笑道：“好！好！自今就叫作孫悟空也！”

第二回

法力學成逐魔王
龍宮巧取金箍棒

那猴王自得了姓名，怡然踴躍，隨祖師潛心修煉。不覺六七年，學成七十二變化。後來又得祖師傳授"筋斗雲"絕技，一筋斗就有十萬八千里路，從此無拘無束，自在逍遙。

一日，春歸夏至，大眾都在松樹下會講。眾師兄弟慫恿悟空試演七十二變化，悟空好勝，一口答應，變作一棵松樹。大眾見了，鼓掌呵呵大笑，驚動祖師。祖師怒喝道："你等大呼小叫，全不像個修行樣子，為何在此嚷笑？"大眾道："不敢瞞師父，適才悟空試演變化，變成松樹，弟子們喝彩，故高聲驚動尊師，望乞恕罪。"祖師惱怒，着眾弟子起去，卻對悟空道："我也不罰你，但只是你去罷，若在此間，斷然不可！"

悟空謝過祖師。即抽身，捻着訣，縱起筋斗雲，徑回東勝神洲，那裏消一個時辰，早看見花果山水簾洞。悟空按下雲頭，直至花果山。找路而走，忽聽得鶴唳猿啼，悲切甚傷情。即開口叫道："孩兒們，我來了也！"那崖下石坎邊，花草中，樹木裏，若大若小之猴，跳出千千萬萬，把個美猴王圍在當中，叩頭叫道："大王，你好寬心！怎麼一去許久？把我們俱閃在這裏，近來一妖魔在此欺虐，強要佔我們水簾洞府，是我等捨死忘生，與他爭鬥。這些時，被那廝搶了我們家火，捉了許多子姪，幸得大王來了！大王若再年載不來，我等連山洞盡屬他人矣！"悟空聞說，心中大怒道："是甚麼妖魔，輒敢無狀！你且細細說來，待我尋他報仇。"眾猴叩頭："那廝自稱混世魔王，住居在直北下。"悟空道："此間到他那裏，有多少路程？"眾猴道："他來時雲，去時霧，或風或雨，或電或雷，我等不知有多少路。"悟空道："既如此，你們休怕，且自玩耍，等我尋他去來！"

好猴王，將身一縱，跳起來，一路筋斗，直至北下觀看，見一座高山，真是十分險峻，正默觀看景致，只聽得有人言語。徑自下山尋覓，原來那陡崖之前，乃是那水臟洞。洞門外有幾個小妖跳舞，見了悟空就走。悟空道：“休走！我乃正南方花果山水簾洞洞主。你家甚麼混世鳥魔，屢次欺我兒孫，我特尋來，要與他見個上下！”

那小妖聽説，疾忙跑入洞裏，報道：“大王！禍事了！”魔王道：“有甚禍事？”小妖道：“洞外有猴頭稱為花果山水簾洞洞主，説你屢次欺他兒孫，特來尋你，見個上下哩。”魔王笑道：“我常聞得那些猴精説他有個大王，出家修行去了，想是今番來了。他怎生打扮，有甚器械？”小妖道：“他也沒甚麼器械，光着個頭，穿一領紅色衣，勒一條黃縧，足下踏一對烏靴，赤手空拳，在門外叫哩。”魔王聞説：“取我披掛兵器來！”那小妖即時取出。那魔王穿了甲冑，綽[1]刀在手，與眾妖出得門來，即高聲叫道：“哪個是水簾洞洞主？”

猴王喝道：“這潑魔這般眼大，看不見老孫！”魔王見了，笑道：“你身不滿四尺，手內又無兵器，怎麼大膽猖狂，要尋找我見甚麼上下？”悟空罵道：“你這潑魔，原來沒眼！你量我小，要大卻也不難。你量我無兵器，我兩隻手勾着天邊月哩！只吃老孫一拳！”縱一縱，跳上去，劈臉就打。那魔王伸手架住道：“你要使拳，我要使刀，殺了你，也吃人笑，待我放下刀，與你使路拳看。”

便丟開架子就打，這悟空鑽進去相撞相迎。他兩個拳搋腳踢，一衝一撞。原來長拳空大，短簇堅牢。那魔王被悟空撞了襠，幾下筋節，把他打重了。便拿起那板大的鋼刀，劈頭就砍。悟空急撤身，他砍了一個空。悟空即使身外身法，拔一把毫毛，丟在嘴中嚼碎，望空噴去，叫一聲："變！"即變作三二百個小猴，周圍攢簇。

　　原來人得仙體，出神變化，這猴王自從了道之後，身上有八萬四千毛羽，根根能變。那些小猴，眼乖會跳，刀來砍不着，槍去不能傷。你看他前踽後躍，把個魔王圍繞，抱的抱，扯的扯，踢打撏毛，摳眼睛，捏鼻子，抬鼓弄²，直打作一個攢盤。這悟空才去奪得他的刀來，分開小猴，照頂門一下，砍為兩段。領眾殺進洞中，將那大小妖精，盡皆剿滅。卻把毫毛一抖，收上身來。又見那收不上身者，卻是那魔王在水簾洞擒去的小猴，悟空道："汝等何為到此？"約有三五十個，都含淚道："我等因大王修仙去後，這兩年被他把我們都攝將來。"悟空道："你們且先出外去。"隨即洞裏放起火來，把那水臟洞燒得枯乾，對眾道："汝等跟我回去。"眾猴道："大王，我們來時，只聽得耳邊風響，虛飄飄到於此地，更不識路徑，今怎得回鄉？"悟空道："這是他弄的個術法兒，有何難也！我如今也會弄。你們都合了眼，休怕！”

　　好猴王，唸聲咒語，駕陣狂風，雲頭落下。叫：“孩兒們，睜眼。”眾猴認得是家鄉，個個歡喜，都奔洞門舊路。那在洞眾猴，都一起簇擁同入，分班序齒，禮拜猴王。安排酒果，接風賀喜，啟問降魔救子之事。悟空備細言了一遍，眾猴稱揚不盡道：“大王去到那方，不意學得這般手段！”悟空又道：“我當年別汝等，隨波逐流，漂過東洋大海，到西牛賀洲地界，訪問多時，幸遇一老祖，傳了我不死長生的大法門，及‘七十二變’、‘筋斗雲’絕技。”眾猴稱賀。悟空又笑道：“小的們，又喜我這一門皆有姓氏。”眾猴道：“大王姓甚？”悟空道：“我今姓孫，法名悟空。”眾猴聞説，鼓掌忻然道：“大王是老孫，我們都是二孫、三孫、細孫、小孫——一家孫、一國孫、一窩孫矣！”都來大盆小碗的，椰子酒、葡萄酒、仙花、仙果，真個是合家歡樂！

　　卻説美猴王榮歸故里，自剿了混世魔王，奪了一口大刀，以後每日教導羣猴，操演武藝。一日，依舊排營。悟空會集羣猴，計有四萬七千餘口。早驚動滿山怪獸，都是些狼、蟲、虎、豹、麂、獐、狐、狸、獾、貉、獅、象、熊、鹿、野豕、山牛、羚羊、神獒……各樣妖王，共有七十二洞，都來參拜猴王為尊。每年獻貢，四時點卯[3]。有隨班操備的，也有隨節徵糧的，齊齊整整，把一座花果山造得似鐵桶金城。各路妖王，又有進金鼓、彩旗、盔甲的，紛紛攘攘。

美猴王正喜間，忽對眾說道："汝等弓弩熟諳，兵器精通，奈我這口刀着實笨重，不遂我意！"四老猴上前啟奏道："大王乃是仙聖，凡兵是不堪用；但不知大王水裏可能去得？"悟空道："我自聞道之後，有七十二般地煞變化之功：筋斗雲有莫大的神通；善能隱身攝法；上天有路，入地有門；水不能溺，火不能焚。那些兒去不得？"四猴道："大王既有此神通，我們這鐵板橋下，水通東海龍宮。大王若肯下去，尋着老龍王，問他要件甚麼兵器，卻不趁心？"悟空聞言甚喜道："等我去來。"

好猴王，跳至橋頭，使一個閉水法，捻着訣，撲地鑽入波中，徑入東洋海底。正行間，忽見一個巡海的夜叉，悟空道："吾乃花果山天生聖人孫悟空，是你老龍王的緊鄰。"那夜叉聽說，急轉水晶宮傳報道："大王，外面有個花果山天生聖人孫悟空，口稱是大王緊鄰，將到宮也。"東海龍王敖廣即忙起身，與龍子、龍孫、蝦兵、蟹將出宮迎道："上仙請進，請進。"直至宮裏相見，上坐獻茶畢，問道：“上仙幾時得道，授何仙術？”悟空道：“我自生身之後，出家修行，得一個無生無滅之體。近因教演兒孫，守護山洞，奈何沒件兵器。久聞賢鄰享樂瑤宮，必有多餘神器，特來告求一件。”龍王見説，不好推辭，即着鱖都司取出一把大捍刀奉上。悟空道：“老孫不會使刀，乞另賜一件。”龍王又着鯾提督、鯉總兵抬出一柄畫捍方天戟。有七千二百斤重。悟空見了，跑近前接在手中，丟幾個架子，撒兩個解數，插在中間道：“輕！輕！輕！”老龍王害怕道：“上仙，我宮中只有這根戟重，再沒甚麼兵器了。”悟空笑道：“古人云：‘愁海龍王沒寶哩！’你再去尋尋看。若有可意的，一一奉價。”龍王道：“委的再無。”

　　正説處，後面閃過龍婆、龍女道：“大王，我們這海藏中，那一塊天河定底的神珍鐵，這幾日霞光艷艷，瑞氣騰騰，敢莫是[4]該出現，遇此聖也？”龍王道：“那是大禹治水之時，定江海淺深的一個定子。能中何用？”龍婆道：“莫管他用不用，且送與他，憑他怎麼改造，送出宮門便了。”老龍王依言，盡向悟空説了。悟空道：“拿出來我看。”龍王搖手道：“抬不動！須上仙親去看看。”悟空道：“你引我去。”龍王果引導至海藏中間，忽見金光萬道。指定道：“那放光的便是。”悟空撩衣上前，摸了一把，乃是一根鐵柱子，約有斗來粗，二丈有餘長。他盡力兩手攦過道：“忒粗忒長些！再短細些方可用。”說畢，那寶貝就短了幾尺。悟空又顛一顛道：“再細些更好！”那寶貝真個又細了幾分。悟空十分歡喜，拿出海藏看時，原來兩頭是兩個金箍，中間乃一段烏鐵；緊挨箍有鐫成的一行字，喚作“如意金箍棒，重一萬三千五百斤”。心中暗喜道：“想必這寶貝如人意！”一邊走，一邊心思口唸，手顛着道：“再短細些更妙！”拿出外面，只有二丈長短，碗口粗細。

悟空將寶貝執在手中，坐在水晶宮殿上。對龍王笑道：“多謝賢鄰厚意。”龍王道：“不敢，不敢。”悟空道：“這塊鐵誠然好用，如今手中既拿着它，身上更無衣服相趁，奈何？你這裏若有披掛，索性送我一件，一總奉謝。”龍王道：“這個卻是沒有。”悟空道：“若沒來，我也定不出此門。”龍王道：“煩上仙再轉一海，或者有之。”悟空又道：“‘走三家不如坐一家。’千萬告求一件。”龍王道：“委的沒有；如有即當奉承。”悟空道：“真個沒有，就和你試試此鐵！”龍王慌了道：“上仙，切莫動手！待我看舍弟處可有，當送一副。”悟空道：“令弟何在？”

龍王道：“舍弟乃南海龍王敖欽、北海龍王敖順、西海龍王敖閏是也。”悟空道：“我老孫不去！不去！只望你隨高就低地送一副便了。”老龍道：“不須上仙去。我這裏有一面鐵鼓，一口金鐘；凡有緊急事，擂得鼓響，撞得鐘鳴，舍弟們就頃刻而至。”悟空道：“既是如此，快些去擂鼓撞鐘！”那龜將便去撞鐘，鼇帥即來擂鼓。

少時，鐘鼓響處，果然驚動那三海龍王，須臾來到，敖欽道：“大哥，有甚緊事，擂鼓撞鐘？”老龍道：“賢弟！不好說！有一個花果山甚麼天生聖人，早間來要求一件兵器，將一塊天河定底神珍鐵，自己拿出手。如今坐在宮中，又要索甚麼披掛。我處無有，故響鐘鳴鼓，請賢弟來。你們可有甚麼披掛，送他一副，打發出門去罷了。”敖欽聞言，大怒道：“我兄弟們，點起兵，拿他不是！”老龍道：“莫說拿！莫說拿！那塊鐵，挽着些兒就死，磕着些兒就亡！”西海龍王敖閏說：“二哥不可與他動手；且只湊副披掛與他，打發他出了門，啟表奏上上天，天自誅也。”北海龍王敖順道：“說得是。我這裏有一隻藕絲步雲履哩。”西海龍王敖閏道：“我帶了一副鎖子黃金甲哩。”南海龍王敖欽道：“我有一頂鳳翅紫金冠哩。”老龍大喜，引入水晶宮相見了，以此奉上。悟空將金冠、金甲、雲履都穿戴停當，使動如意棒，一路打出去，對眾龍道：“聒噪！聒噪！[5]”四海龍王甚是不平，一邊商議進表上奏天帝。

　　你看這猴王，分開水道，徑回鐵板橋頭，擻將上去，只見四個老猴，領着眾猴，都在橋頭等候。忽然見悟空跳出波外，金燦燦的，走上橋來。諕得眾猴一齊跪下道：“大王，好華彩耶！好華彩耶！”悟空滿面春風，高登寶座，將鐵棒豎在當中。那些猴不知好歹，都來拿那寶貝，卻分毫也不能禁動。一個個咬指伸舌道：“爺爺呀！這般重，虧你怎的拿來也！”悟空近前，舒開手，一把擄起，對眾笑道：“物各有主。這寶貝鎮於海藏中，也不知幾千百年，恰巧今歲放光。龍王只認作是塊黑鐵，又喚作天河鎮底神珍，請我親去拿之。那時此寶有二丈多長，斗來粗細；急對天光看處，上有一行字，乃‘如意金箍棒，一萬三千五百斤’。你都站開，等我教它變一變着。”他將那寶貝顛在手中，叫：“小！小！小！”即時就小作一個繡花針兒相似，可以揌[6]在耳朵裏面藏下。眾猴駭然，叫道：“大王！還拿出來耍耍！”猴王真個去耳朵裏拿出來，托放掌上叫：“大！大！大！”即又大作斗來粗細，二丈長短。他弄到歡喜處，跳上橋，走出洞外，將寶貝擄在手中，把腰一躬，叫聲：“長！”它就長得高萬丈，上抵三十三天，下至十八層地獄，把些虎豹狼蟲，滿山羣怪，都諕得磕頭禮拜，戰兢兢魄散魂飛。霎時收了法像，將寶貝還變作個繡花針兒，藏在耳內，復歸洞府。

第三回

官封弼馬心何足
神力齊天封大聖

卻說那個高天上聖大慈仁者玉皇大帝，一日，駕坐靈
霄殿，聚集文物仙卿早朝之際，忽有邱弘濟真人啟奏道：
"萬歲，通明殿外，有東海龍王敖廣進表，聽天尊宣詔。"
玉皇傳詔：着宣來。敖廣宣至靈霄殿下，禮拜畢。旁有引
奏仙童，接上表文，原來表奏悟空大鬧龍宮事。聖帝覽
畢，傳旨："着龍神回海，朕即派將擒拿。"老龍王頓首
謝去。

玉帝向眾仙問道："哪路神將下界收伏此妖猴？"言
未已，班中閃出太白長庚星，俯伏啟奏道："臣啟陛下，
可念生化之慈恩，降一道招安聖旨，把他宣到上界來，授
他一個大小官職，拘束此間；若受天命，後再升賞；若違

天命，就此擒拿。一則不動眾勞師，二則收仙有道也。"
玉帝聞言甚喜，道："依卿所奏。"即叫文曲星官修詔，
着太白金星招安。

金星領了旨，出南天門外，按下祥雲，直至花果山水
簾洞。對眾小猴道："我是天差天使，有聖旨在此，請你
大王上界。快快報知！"洞外小猴，一層層傳至洞天深處，
道："大王，外面有一老人，背着一角文書，言有聖旨請
你也。"美猴王聽得大喜，道："我這兩日，正思量要上
天走走，就有天使來請。"叫："快請進來！"金星徑入
當中，面南立定道："我是西方太白金星，奉玉帝聖旨，
下界請你上天，接受仙籙。"悟空笑道："多感老星降臨。"
教："小的們！安排筵宴款待。"金星道："聖旨在身，
不敢久留；就請大王同往，待榮遷之後，再從容敍也。"
悟空即喚四健將，吩咐："謹慎教演兒孫，待我上天去看
看路，卻好帶你們上去同居住也。"四健將領諾。這猴王
與金星縱起雲頭，升在空霄之上。

太白金星領着美猴王，來於靈霄殿外。不等宣詔，直
至御前，朝上禮拜。悟空挺身在旁，且不朝禮，金星奏道：
"臣領聖旨，已宣妖仙到了。"玉帝垂簾問曰："哪個是妖
仙？"悟空卻才躬身答應道："老孫便是。"仙卿們都大

驚失色道："這個野猴！怎麼不拜伏參見，敢這樣答應，卻該死了！該死了！"玉帝傳旨道："那孫悟空乃下界妖仙，初得人身，不懂朝禮，姑且恕罪。"眾仙卿叫聲："謝恩！"猴王這才朝上唱個大喏[1]。玉帝宣文選武選仙卿，看哪處少甚官職，叫孫悟空去除授。旁邊轉過武曲星君，啟奏道："天宮裏各宮各殿，都不少官，只是御馬監缺個正堂管事。"玉帝傳旨道："就除他做個'弼馬溫'[2]罷。"於是玉帝差木德星官送他去御馬監到任。

當時猴王歡歡喜喜，與木德星官直接去到任。這猴王查看了文簿，點明了馬數。晝夜不睡，滋養馬匹。那些天馬見了他，泯耳攢蹄，倒養得肉膘肥滿。不覺半月有餘。一朝閒暇，眾監官都安排酒席，一則給他接風，二則向他賀喜。正在歡飲之間，猴王忽停杯問道："我這'弼馬溫'是個甚麼官銜？是個幾品？"眾道："沒有品級從。"猴王道："沒品，想是大之極也。"眾道："不大，只喚作'未入流'。"猴王道："怎麼叫作'未入流'？"眾道："末等。這樣官兒，最低最小。"

猴王聞此，不覺心頭火起，咬牙大怒道："老孫在那花果山，稱王稱祖，怎麼哄我來替他養馬？不做他！不做他！我將去也！"唿喇的一聲，把公案推倒，耳中取出寶貝，晃一晃，碗來粗細，一路解數，直打出御馬監，徑至南天門。眾天丁不敢阻擋，讓他打出天門去了。須臾，按落雲頭，回至花果山上。只見那四健將與各洞妖王，在那裏操演兵卒。這猴王厲聲高叫道："小的們！老孫來了！"一羣猴都來叩頭，迎接進洞天深處，請猴王高登寶位，一壁廂辦酒接風。

正飲酒歡樂間，有人來報道："大王，門外有兩個獨角鬼王，要見大王。"猴王道："教他進來。"那鬼王整衣跑入洞中，倒身下拜道："久聞大王招賢，今見大王被授了天籙，得意榮歸，特獻赭黃袍一件，與大王稱慶。肯不棄鄙賤，收納小人，得效犬馬之勞。"猴王大喜，將赭黃袍穿起，眾人欣然排班朝拜，即將鬼王封為前部總督先鋒。鬼王謝恩完畢，復啟道："大王在天許久，所授何職？"猴王道："玉帝輕賢，封我做個甚麼'弼馬溫'！"鬼王聽說，又奏道："大王有此神通，如何與他養馬？就做個'齊天大聖'有何不可？"猴王聞說，歡喜不勝，連道幾個："好！好！好！"教四健將："就替我快置個旌旗，旗上寫'齊天大聖'四大字，立竿張掛。自此以後，只稱我為齊天大聖，不許再稱大王。"

卻說那玉帝次日設朝，只見張天師引御馬監監丞下拜奏道：“萬歲，新任弼馬溫孫悟空，因嫌官小，昨日反下天宮去了。”正説間，又見南天門外增長天王領眾天丁奏道：“弼馬溫不知何故，走出天門去了。”玉帝聞言，即傳旨：“朕遣天兵，擒拿此怪。”班部中閃上托塔李天王與哪吒三太子，越班奏上道：“萬歲，微臣不才，請旨降此妖怪。”玉帝大喜，即封托塔天王李靖為降魔大元帥，哪吒三太子為三壇海會大神，即刻興師下界。

李天王與哪吒叩頭謝辭，徑至本宮，點起三軍，着巨靈神為先鋒，魚肚將殿後，藥叉將催兵。一霎時出南天門外，徑來到花果山。選平陽處安了營寨，傳令巨靈神挑戰。巨靈神結束整齊，掄着宣花斧，到了水簾洞外。只見小洞門外，許多妖魔，丫丫叉叉，掄槍舞劍，跳鬥咆哮。這巨靈神喝道：“業畜！快早去報與弼馬溫知道，吾乃上天大將，奉玉帝旨意，到此收伏；教他早早出來受降，免致汝等皆傷殘也。”那些怪，奔奔波波，傳報洞中道：“禍事了！門外有一員天將，口稱大聖官銜，道：奉玉帝聖旨，來此收伏你；教早早出去受降，免傷我等性命。”猴王聽説，教：“取我披掛來！”就戴上紫金冠，穿上黃金甲，手執如意金箍棒，領眾出門，擺開陣勢。

巨靈神厲聲高叫道：“那潑猴！你認得我麼？”大聖

聽言，急問道：“你是哪路毛神？老孫不曾會你，你快報名來。”巨靈神道：“你那欺心的猢猻！你是認不得我！我乃托塔李天王部下先鋒，巨靈天將！今奉玉帝聖旨，到此收降你。”猴王聽說，心中大怒道：“潑毛神，休誇大口，少弄長舌！你看我這旌旗上字號。”這巨靈神急睜睛迎風觀看，果見門外豎一高竿，竿上有旌旗一面，上寫着“齊天大聖”四大字。巨靈神冷笑三聲道：“這潑猴，就敢無禮，你要做齊天大聖！好好地吃吾一斧！”劈頭就砍將去。那猴王正是會家不忙，將金箍棒應手相迎。巨靈神抵敵他不住，被猴王劈頭一棒，慌忙將斧架隔，扢扠的一聲，把個斧柄打作兩截，急撤身敗陣逃生。

巨靈神回至營門，告知托塔天王，哪吒太子請纓出戰。這哪吒太子，甲胄齊整，跳出營盤，撞至水簾洞外。那悟空正來收兵，見哪吒來得勇猛。便迎近前來問曰：“你是誰家小哥？闖近吾門，有何事幹？”哪吒喝道：“潑妖猴！我是托塔天王三太子哪吒是也。今奉玉帝欽差，至此捉你。”悟空笑道：“小太子，你的奶牙尚未退，怎敢說這般大話？你只看我旌旗上是甚麼字號，拜上玉帝：是這般官銜，再也不須動眾，我自皈依；若是不遂我心，定要打上靈霄寶殿。”哪吒抬頭看處，乃“齊天大聖”四字。

哪吒道："你這妖猴能有多大神通，就敢稱此名號！吃吾一劍！"悟空道："我只站着不動，任你砍幾劍罷。"那哪吒奮怒，大喝一聲，叫："變！"即變作三頭六臂，惡狠狠，手持着六般兵器，乃是斬妖劍、砍妖刀、縛妖索、降妖杵、繡球兒、火輪兒，丫丫叉叉，撲面打來。悟空見了，心驚道："這小哥倒也會弄些手段！看我神通！"好大聖，喝聲："變！"也變作三頭六臂；把金箍棒晃一晃，也變作三條；六隻手拿着三條棒架住。這場鬥，真個是地動山搖。

三太子與悟空各逞神威，鬥了個三十回合。那太子六般兵器，變作千千萬萬；孫悟空金箍棒，變作萬萬千千。半空中似雨點流星，不分勝負。悟空手疾眼快，正在那混亂之時，他拔下一根毫毛，叫聲："變！"就變作他的本相，手挺着棒，演[3]着哪吒；他的真身，卻一縱，趕至哪吒腦後，着左膊上一棒打來。哪吒正使法間，聽得棒頭風響，不能措手，被他着了一下，負痛逃走，不能復戰，同天王回天啟奏。

李天王與三太子領着眾將，直至靈霄寶殿。啟奏道："臣等奉聖旨出師下界，收伏妖仙孫悟空，不期他神通廣大，使一條鐵棒，先敗了巨靈神，又打傷哪吒臂膊。洞門外立一竿旗，上書‘齊天大聖’四字，道是封他這官職，即便休兵來投；若不是此官職，還要打上靈霄寶殿也。”玉帝聞言，驚訝道：“這妖猴何敢這般狂妄！着眾將即刻誅殺之。”正說間，班部中又閃出太白金星，奏道：“那妖猴不知大小。欲加兵與他爭鬥，想一時不能收伏。不若萬歲大捨恩慈，還降招安旨意，就教他做齊天大聖。有官無祿便是了。”玉帝道：“怎麼喚作‘有官無祿’？”金星道：“名是齊天大聖，只不與他事管，不與他俸祿，且養在天壤之間，收他的邪心，使不生狂妄。海宇得清寧也。”玉帝聞言道：“依卿所奏。”即命人降了詔書，仍着金星領去。

　　金星復出南天門，直至花果山水簾洞外。眾妖即跑入報道：“外面有一老者，他說是上界天使，有旨意請你。”大聖即帶引羣猴，急出洞門，躬身施禮，高叫道：“老星請進，恕我失迎之罪。”金星趨步向前，徑入洞內，面南立着道：“今告大聖，前者因大聖嫌惡官小，躲離御馬監，當有本監中官員奏了玉帝。玉帝傳旨道：‘凡授官職，皆由卑而尊，為何嫌小？’即有李天王領哪吒下界取戰。不知大聖神通，故遭敗北，回天奏道：‘大聖立一竿旗，要作“齊天大聖”。’眾武將還要言戰，是老漢竭力為大聖冒罪奏聞，請大王受籙。玉帝准奏，因此來請。"悟空笑道："前番動勞，今又蒙愛，多謝！多謝！但不知上天可有此'齊天大聖'之官銜也？"金星道："老漢以此銜奏准，方敢領旨而來；如有不遂，只坐罪老漢便是。"

悟空大喜，遂與金星縱着祥雲，到南天門外，那些天丁天將，都拱手相迎。徑入靈霄殿下。金星拜奏道："臣奉詔宣弼馬溫孫悟空已到。"玉帝道："那孫悟空過來。今宣你做個'齊天大聖'，官品極矣，但切不可胡為。"這猴道聲謝恩。玉帝即命工幹官——張、魯二班——在蟠桃園右首，起一座齊天大聖府，府內設二司：一名安靜司，一名寧神司。左右扶持。又差五斗星君送悟空去到任，外賜御酒二瓶，金花十朵，着他安心定志，再勿胡為。那猴王信受奉行，即日與五斗星君到府，打開酒瓶，同眾盡飲。送星官回轉本宮，他才遂心滿意，喜地歡天。

注　釋

1　唱個大喏 —— 一面拱揖、一面大聲叫 "喏" 的敬禮。

2　弼馬溫 —— 掌管天馬之官。

3　演 —— 迷惑。

第四回

亂蟠桃大聖偷丹
反天宮諸神捉怪

一日，玉帝早朝，班部中閃出許旌陽真人，啟奏道：
"今有齊天大聖，無事閒遊，結交天上眾星宿，全都稱朋
友。恐後閒中生事，不若與他一件事管，免生事端。"玉
帝聞言，即刻宣詔。那猴王欣欣然而至，道："陛下，詔
老孫有何升賞？"玉帝道："朕見你身閒無事，給你件執
事。你且權管那蟠桃園，早晚好生在意。"大聖歡喜謝恩。
即入蟠桃園內查勘。本園中有個土地攔住，問道："大聖
何往？"大聖道："吾奉玉帝點差，代管蟠桃園，今來查
勘也。"那土地連忙施禮，即呼那一班鋤樹力士、修桃力
士、打掃力士都來見大聖磕頭，引他進去。

大聖問土地道："此樹有多少株數？"土地道："有

三千六百株：前面一千二百株，三千年一熟，人吃了成仙得了道，體健身輕；中間一千二百株，六千年一熟，人吃了霞舉飛昇，長生不老；後面一千二百株，九千年一熟，人吃了與天地齊壽，日月同庚。”大聖聞言，歡喜無任。當日查明了株樹，點看了亭閣，回府。一日，見那老樹枝頭，桃熟大半，他想要吃個嚐新。奈何本園土地、力士及齊天府仙吏緊隨不便。忽設一計道：“你等且出門外伺候，讓我在這亭上少憩片時。”那眾仙果退。只見那猴王脫了冠服，爬上大樹，揀那熟透的大桃，就在樹枝上自在受用。吃了一個飽，卻才跳下樹來，簪冠着服，喚眾等儀從回府。遲二三日，又去設法偷桃，儘他享用。

一朝，王母娘娘設宴，大開寶閣，瑤池中做“蟠桃勝會”，即着那紅衣仙女、青衣仙女、素衣仙女、皂衣仙女、紫衣仙女、黃衣仙女、綠衣仙女，各頂花籃，去蟠桃園摘桃建會。眾仙女先在前樹摘了二籃，又在中樹摘了三籃；到後樹上摘取，只見那樹上花果稀疏，止有幾個毛蒂青皮的。七仙女張望東西，只見向南枝上止有一個半紅半白的桃子。青衣女用手扯下枝來，紅衣女摘了，卻將枝子望上一放。原來那大聖變化了，正睡在此枝，被她驚醒。大聖即現本相，耳朵內揳出金箍棒，晃一晃，碗來粗細，咄的一聲道：“你們是哪方怪物，敢大膽偷摘我桃！”慌得那七仙女一齊跪下道：“大聖息怒。我等不是妖怪，乃王母娘娘差來的七衣仙女，摘取仙桃，做‘蟠桃勝會’。”大聖聞言，回嗔作喜道：“仙娥請起。王母開閣設宴可請我麼？”仙女道：“不曾聽得說。”大聖道：“我為齊天大聖，就請我老孫做個席尊，有何不可？”仙女道：“此是上會舊規，今會不知怎樣。”大聖道：“此言也是，你們且立下，待老孫先去打聽個消息，看可請老孫不請。”

好大聖，唸聲咒語，對眾仙女道：“住！住！住！”這原來是個定身法，把那七衣仙女，一個個白着眼，都站在桃樹之下。大聖縱朵祥雲，跳出園內，竟奔瑤池路上而去。正行時，只見那赤腳大仙覿面撞見大聖，大聖低頭定計，哄騙真仙，卻問：“老道何往？”大仙道：“蒙王母見招，去赴蟠桃嘉會。”大聖道：“老道不知。玉帝因老孫筋斗雲疾，着老孫五路邀請列位，先至通明殿下演禮，後方去赴宴。”大仙是個光明正大之人，就以他的誑語作真，道：“常年就在瑤池行禮謝恩，如今如何先去通明殿演禮，方去瑤池赴會？”無奈，只得撥轉祥雲，徑往通明殿去了。

大聖駕着雲，唸聲咒語，搖身一變，就變作赤腳大仙模樣，前奔瑤池。不多時，直至寶閣，輕輕移步，走入裏面。那裏鋪設得齊齊整整，卻還未有仙來。這大聖點看不盡，忽聞得一陣酒香撲鼻；忽轉頭，見右壁長廊之下，有幾個造酒的仙官，盤糟的力士，領幾個運水的道人，燒火的童子，在那裏洗缸刷甕，已造成了香醪佳釀。大聖止不住口角流涎，就要去吃，奈何那些人都在這裏。他就弄個神通，把毫毛拔下幾根，噴將出去，唸聲咒語，叫："變！"即變作幾個瞌睡蟲，奔在眾人臉上。你看那夥人，閉眉合眼，丟了執事，都去盹睡。大聖卻拿了些百味珍饈，佳餚異品，走入長廊裏面，挨着甕，放開量，痛飲一番。吃夠了多時，不覺醉了。自揣自摸道："不好！不好！再過會，請的客來，一時拿住，怎生是好？不如早回府中睡去也。"

好大聖，搖搖擺擺，任情亂撞，一會把路差了；不是齊天府，卻是兜率天宮。一見了，頓然醒悟道："兜率宮是三十三天之上，乃離恨天太上老君之處，如何錯到此間？——也罷！也罷！一向要來望此老，不曾得來，今趁此殘步，就望他一望也好。"即整衣撞進去。那裏不見老君，四無人跡。原來那老君與燃燈古佛在三層高閣朱陵丹台上講道，眾仙童、仙官、仙吏，都侍立左右聽講。這大聖直至丹房裏面，尋訪不遇，但見丹灶有火。爐左右安放着五個葫蘆，葫蘆裏都是煉就的金丹。大聖喜道："此物乃仙家之至寶。老孫自得道以來，也要煉些金丹濟人，今日有緣，卻又撞着此物，趁老子不在，等我吃他幾丸嚐新。"他就把那葫蘆都傾出來，就都吃了。一時間丹滿酒醒，又自己揣度道："不好！不好！這場禍，比天還大；若驚動玉帝，性命難存。不如下界為王去也！"他就跑出兜率宮，不行舊路，從西天門，使個隱身法逃去。即按雲頭，回至花果山界。

卻說那七衣仙女自受了大聖的定身法術，一周天方能解脫。各提花籃，回奏王母，說明原委。王母聞言，即去見玉帝，備陳先事。說不了，又見那造酒的一班人，同仙官等來奏。玉帝大驚道："快着糾察靈官緝訪這厮蹤跡！"靈官領旨，即出殿遍訪，盡得其詳細。回奏道："攪亂天宮者，乃齊天大聖也。"玉帝大惱。即差四大天王，協同李天王並哪吒太子，帶領十萬天兵，去花果山圍困，定捉獲那厮處治。

且不說天神圍繞，話表南海普陀落伽山觀世音菩薩，自王母娘娘請赴蟠桃大會，與大徒弟惠岸行者，同登寶閣瑤池，見那裏荒荒涼涼，席面殘亂；雖有幾位天仙，俱不就座，都在那裏亂紛紛講論。菩薩與眾仙相見畢，眾仙備言前事。菩薩道："汝等可跟貧僧去見玉帝。"眾仙怡然隨往。至通明殿前，早有四大天師、赤腳大仙等眾俱在此。

菩薩引眾同入裏面，與玉帝行完禮，又與老君、王母相見，各坐下。便問："蟠桃盛會如何？"玉帝道："每年請會，喜喜歡歡，今年被妖猴作亂，甚是虛邀也。"菩薩道："妖猴是何出處？"玉帝俱告一切。

觀音合掌啟奏："陛下寬心，貧僧舉一神，可擒這猴。"玉帝道："所舉者何神？"菩薩道："乃陛下令甥顯聖二郎真君，現居灌州灌江口，享受下方香火。他昔日曾力誅六怪，又有梅山兄弟與帳前一千二百草頭神，神通廣大。陛下可降一道調兵旨意，着他助力，便可擒也。"玉帝聞言，差大力鬼王齎調。那鬼王領了旨，即駕起雲，徑至灌江口。不消半個時辰，直至真君之廟。

這真君即喚梅山六兄弟聚集殿前道："適才玉帝調遣我等往花果山收降妖猴，同去同來。"眾兄弟俱忻然願往。即點本部神兵，駕鷹牽犬，搭弩張弓，縱狂風，霎時過了東洋大海，徑至花果山。四大天王與李天王俱出轅門迎接。相見畢，問及勝敗之事，天王備陳一遍。真君聽後，領着六兄弟，出營挑戰，吩咐眾將，緊守營盤，收全了鷹犬。眾草頭神得令。真君只到那水簾洞外，見那一羣猴，齊齊整整，排作個蟠龍陣勢。那營口小猴見了真君，急走去報知。那猴王即挈金箍棒，騰出營門，急睜眼觀看，那真君的相貌，果是清奇，打扮得又秀氣。大聖笑嘻嘻的，將金箍棒舉起，高叫道："你是何方小將，輒敢大瞻到此挑戰？"真君聞言，心中大怒道："潑猴！休得無禮！吃吾一刀！"大聖側身躲過，疾舉金箍棒，劈手相還。

真君與大聖鬥經二百餘合，不分勝負。正鬥時，大聖忽見本營中妖猴驚散，自覺心慌，挈棒抽身就走。真君見他敗走，大步趕上道："哪裏走？趁早歸降，饒你性命！"大聖不戀戰，只管逃走。走至灌江口，搖身一變，變作二郎爺爺的模樣，按下雲頭，徑入廟裏。鬼判不能相認，一個個磕頭迎接。他坐中間，點查香火。正看處，有人報："又一個爺爺來了。"眾鬼判急急觀看，真君卻道："有個甚麼齊天大聖，才來這裏否？"眾鬼判道："不曾見甚麼大聖，只有一個爺爺在裏面查點哩。"真君撞進門，大聖現出本相道："郎君不消嚷，廟宇已姓孫了。"這真君即舉三尖兩刃神鋒，劈臉就砍。那猴王使個身法，讓過神鋒，挈出那繡花針兒，晃一晃，碗來粗細，趕到前，對面相還。兩個嚷嚷鬧鬧，打出廟門，半霧半雲，且行且戰，復打到花果山，慌得那四大天王等眾，提防愈緊，合心努力，把那美猴王重重圍困。

話表大力鬼王既調了真君與六兄弟提兵擒魔去後，卻上界回奏。玉帝與觀音菩薩、王母並眾仙卿，正在靈霄殿講話，道：“二郎已去赴戰，這一日還不見回報。”觀音合掌道：“貧僧請陛下同道祖出南天門外，親去看看虛實如何？”玉帝道：“言之有理。”即擺駕，同道祖、觀音、王母與眾仙卿至南天門。菩薩開口對老君說：“貧僧推舉的二郎神如何？——果有神通，已把那大聖圍困，只是未得擒拿。我如今助他一功，決拿住他也。”

老君道：“你且莫動手，等我老君助他一功。”即捋起衣袖，左膊上，取下一個圈子，說道：“這件兵器，乃錕鋼摶煉的，被我將還丹點成，養就一身靈氣，善能變化，又能套諸物：一名‘金鋼琢’，又名‘金鋼套’。早晚最可防身。等我丟下去打他一下。”

話畢，自天門上往下一摜，滴流流，徑落花果山營盤裏，可可地着猴王頭上一下。猴王只顧苦戰，卻不知天上墜下這兵器，打中了天靈，立不穩腳，跌了一跤，爬將起來就跑；被二郎爺爺的細犬趕上，照腿肚子上一口，又扯了一跤。急翻身爬不起來，被七聖一擁按住，即將繩索捆

綁，使勾刀穿了琵琶骨，再不能變化。那老君收了金鋼
琢，請玉帝同觀音、王母、眾仙等，俱回靈霄殿。這下面
四大天王與李天王等神，俱收兵拔寨。

第五回

如來五指鎮神猴
唐僧取經收徒弟

話表齊天大聖被眾天兵押去斬妖台下，綁在降妖柱上，刀砍斧剁，槍刺劍刳，莫想傷及其身。南斗星奮令火神，放火煨燒，亦不能燒着。又着雷神，以雷屑釘打，越發不能傷損一毫。那大力鬼王與眾神啟奏道："萬歲，這大聖不知是何處學得這護身之法。臣等用刀砍斧剁，雷打火燒，一毫不能傷損，卻如之何？"太上老君即奏道："那猴吃了蟠桃，飲了御酒，又盜了仙丹，——我那五壺丹，有生有熟，被他都吃在肚裏。運用三昧火，煅成一塊；所以混作金鋼之軀，急不能傷。不若與老道領去，放在'八卦爐'中，以文武火煅煉，他身自為灰燼矣。"玉帝聞言，即教天兵將他解下，付給老君，老君領旨去訖。

那老君到兜率宮，將大聖解去繩索，放了穿琵琶骨之器，推入八卦爐中，命看爐的道人，架火的童子，將火煽起煅煉。真個光陰迅速，不覺七七四十九日，老君的火候俱全。忽一日，開爐取丹。那大聖雙手捂著眼，正自揉搓流涕，只聽得爐頭聲響。猛睜眼看見光明，他就忍不住，將身一縱，跳出丹爐，唿喇的一聲，往外就走。慌得那架火、看爐，與天兵一班人來扯，被他一個個都放倒，老君趕上抓一把，被他一捽，捽了個倒栽蔥，脫身走了。即去耳中掣出如意棒，迎風晃一晃，碗來粗細，依然拿在手中，不分好歹，卻又大亂天宮，打得那九曜星閉門閉戶，四天王無影無形。打到通明殿裏，靈霄殿外。幸有佑聖君的佐使王靈官執殿。他見大聖縱橫，掣金鞭近前擋住道：「潑猴何往！有吾在此，切莫猖狂！」這大聖不由分說，舉棒就打。那靈官鞭起相迎。兩個在靈霄殿前廝混一處。

他兩個鬥在一處，勝敗未分，早有佑聖真君，又差將佐發文到雷府，調三十六員雷將齊來，把大聖圍在垓心，各逞兇惡苦戰。那大聖全無一毫懼色，即搖身一變，變作三頭六臂；把如意棒晃一晃，變作三條；六隻手使開三條棒，好似紡車兒一般，在那垓心裏飛舞。眾雷神莫能相近。當時眾神把大聖攢在一處，卻不能近身，亂嚷亂鬥，早驚動玉帝。遂傳旨着遊奕靈官同翊聖真君上西方請佛老降伏。

那二聖得了旨，徑到靈山勝境，雷音寶刹之前，對四金剛、八菩薩禮畢，即煩轉達。眾神隨後至寶蓮台下啟知，如來召請。二聖禮佛三匝，侍立台下。如來問："玉帝何事，煩二聖下臨？"二聖即將前事相告。如來聞說，即對眾菩薩道："汝等在此穩坐法堂，休得亂了禪位，待我煉魔救駕去來。"即喚阿儺、迦葉二尊者相隨，離了雷音，徑至靈霄門外。忽聽得喊聲震耳，乃三十六員雷將圍困着大聖哩，佛祖傳法旨："教雷將停息干戈，放開營所，叫那大聖出來，等我問他有何法力。"眾將果退。大聖也現出原身近前，怒氣昂昂，厲聲高叫道："你是哪方善士，敢來止住刀兵問我？"如來笑道："我是西方極樂世界釋迦牟尼尊者，你那廝乃是個猴子成精，焉敢欺心，要奪玉皇上帝尊位？"

大聖道："常言道：'皇帝輪流做，明年到我家。'只教他搬出去，將天宮讓與我，便罷了；若還不讓，定要攪攘，永不清平！"佛祖道："你有何能，敢佔天宮勝境？"大聖道："我的手段多哩！我有七十二般變化，萬劫不老長生。會駕筋斗雲，一縱十萬八千里。如何坐不得天位？"

佛祖道：“我與你打個賭賽：你若有本事，一筋斗打出我這右手掌中，算你贏，再不用動刀兵苦爭戰，就請玉帝把天宮讓你；若不能打出手掌，你還下界為妖，再修幾劫。”

那大聖聞言，暗笑道：“這如來十分好呆！我老孫一筋斗去十萬八千里。他那手掌，方圓不滿一尺，如何跳不出去？”即收了如意棒，抖擻神威，將身一縱，站在佛祖手心裏，道聲：“我出去也！”你看他一路雲光，無影無形去了。佛祖慧眼觀看，見那猴王只管前進。大聖行時，忽見有五根肉紅柱子，撐着一股青氣。他道：“此間乃盡頭路了。這番回去，靈霄宮定是我坐也。”又思量說：“且住！等我留下些記號，方好與如來說話。”拔下一根毫毛，吹口仙氣，叫：“變！”變作一管濃墨雙毫筆，在那中間柱子上寫一行大字云：“齊天大聖，到此一遊。”寫畢，收了毫毛。又在第一根柱子根下撒了一泡猴尿。翻轉筋斗雲，徑回本處，站在如來掌內道：“我已去，今來了。你教玉帝讓天宮與我。”

如來罵道：“你這個尿精猴子！你正好不曾離了我掌哩！”大聖道：“你是不知。我去到天盡頭，見五根肉紅柱，撐着一股青氣，我留個記在那裏，你敢和我同去看麼？”如來道：“不消去，你只自低頭看看。”那大聖睜圓火眼金睛，低頭看時，原來佛祖右手中指寫着："齊天大聖，到此一遊。"大指丫裏，還有些猴尿臊氣，大聖吃了一驚道："有這等事！我將此字寫在撐天柱子上，如何卻在他手指上？莫非有個未卜先知的法術。我決不信！等我再去來！"

好大聖，急縱身又要跳出，被佛祖翻掌一撲，把這猴王推出西天門外，將五指化作金、木、水、火、土五座聯山，喚名"五行山"，輕輕地把他壓住。又從袖中取出一張帖子，上有六個金字："唵、嘛、呢、叭、咪、吽"。遞與阿儺，叫貼在那山頂上。如來即辭了玉帝眾神，與二尊者出天門之外，又唸動真言咒語，將五行山，召一尊土地神祇，居住此山監押。大聖飢時，與他鐵丸子吃；渴時，與他熔化的銅汁飲。待他災愆滿日，自有人救他。

話表猴王被如來鎮壓在五行山下，倏然過了五百年。時值東土大唐貞觀年間，唐王太宗選了一位高僧去西天天竺國大雷音寺如來處，取大乘佛法三藏。高僧法名玄奘，因去取三藏經，太宗賜號"三藏"。他包袱裏包着一件錦襴袈裟，手裏拿着一根九環錫杖，即便西行，跋涉山川，經歷許多艱險，一日來到五行山前，只聽得山腳下一聲叫喊如雷道："師父救我！"

唐三藏驚驚慌慌，牽馬前去，行不數里，見那山腳下有一猴，露着頭，亂招着手道：“師父，來得好，來得好！救我出來，我保你上西天去也！”唐三藏近前細看，但見他：頭上堆苔蘚，耳中生薜蘿，鬢邊少髮多青草，頷下無鬚有綠莎。乃發慈悲之心，說道：“你願入沙門，隨我取經，只是我又沒斧鑿，如何救得你出來？”那猴道：“不用斧鑿，你但肯救我，我自出來也。這山頂上有我佛如來的金字壓帖。你只上山去將帖兒揭起，我就出來了。”三藏依言，上山將那帖兒輕輕揭下，徑下高山，又至石匣邊，對那猴道：“揭了壓帖了，你出來罷。”那猴歡喜，叫道：“師父，你請走開些，我好出來。莫驚了你。”

　　三藏走了五七里遠近，又聽得那猴高叫道：“再走！再走！”三藏又行了許遠，下了山，只聞得一聲響亮，真個是地裂山崩，只見那猴早到了三藏的馬前，赤淋淋跪下，道聲：“師父，我出來也！”對三藏拜了四拜，急起身，三藏見他實有好心，真個像沙門中的人物，便叫：“徒弟啊，你姓甚麼？”猴王道：“我姓孫，原有個法名，叫作孫悟空。”三藏歡喜道：“也正合我們的宗派。我與你再起個諢名，稱為行者，好麼？”悟空道：“好！好！好！”自此時又稱為孫行者。

卻說那孫行者請三藏上馬，他在前邊，背着行李，赤條條，拐步而行。不多時，過了兩界山，忽然見一隻猛虎，咆哮剪尾而來。三藏在馬上驚心。行者在路旁歡喜道："師父莫怕牠。牠是送衣服與我的。"放下行李，耳朵裏拔出一個針兒，迎着風，晃一晃，原來是個碗來粗細一條鐵棒。他拿在手中，笑道："這寶貝，五百餘年不曾用着它，今日拿出來掙件衣服兒穿穿。"你看他拽開步，迎着猛虎，道聲："業畜！哪裏去！"那隻虎蹲着身，伏在塵埃，動也不敢動。被他照頭一棒，就打得腦漿迸散，諕得那陳玄奘滾鞍落馬，行者拖將虎來道："師父略坐一坐，等我脫下他的衣服來，穿了走路。"好猴王，把毫毛拔下一根，吹口仙氣，叫："變！"變作一把牛耳尖刀，從那虎腹上挑開皮，往下一剝，剝下個囫圇皮來；提起來圍在腰間，路旁揪了一條葛藤，緊緊束定，遮了下體道："師父，且去！且去！到了人家，借些針線，再縫不遲。"他把條鐵棒，捻一捻，依舊像個針兒，收在耳裏，背着行李，請師父上馬。

一路上晚宿曉行，不覺已到初冬時候，師徒們正走多時，忽見路旁呼哨一聲，闖出六個人來，各執長槍短劍，大咤一聲道："那和尚！哪裏走！趕早留下馬匹，放下行李，饒你性命過去！"諕得那三藏魂飛魄散，跌下馬來，不能言語。行者的膽量原大，走上前來，對那六個人施禮道："列位有甚麼緣故，阻我貧僧的去路？"那人道："我等是行好心的山主。早早地留下東西，放你過去；若道半個'不'字，教你碎屍粉骨！"悟空笑道："原來是六個毛賊！你卻不認得我這出家人是你的主人公，你倒來擋路。把那打劫的珍寶拿出來，我與你們作七份兒均分，饒了你罷！"賊人聞言，掄槍舞劍，一擁前來，照行者劈頭亂砍，乒乒乓乓，砍有七八十下。悟空停立中間，只當不知。那賊道："好和尚！真個的頭硬！"行者笑道："你們也打得手困了，卻該老孫取出個針兒來耍耍。"

行者伸手去耳朵裏拔出一根繡花針兒，迎風一晃，卻是一條鐵棒，拿在手中道："不要走！也讓老孫打一棍兒試試手！"諕得這六個賊四散逃走，被他拽開步，團團趕上，一個個盡皆打死，奪了他的盤纏，笑吟吟走過來道："師父請行。那賊已被老孫剿了。"三藏道："你十分撞禍！他雖是翦徑的強徒，就是拿到官司，也不該死罪；你縱有手段，只可退他去便了，怎麼就都打死了？這卻是無故傷人的性命，如何做得和尚？全無一點慈悲好善之心！"悟空道："師父，我若不打死他，他卻要打死你哩。"

三藏道：“我這出家人，寧死決不敢行兇。我就死，也只是一身，你卻殺了他六人，如何理説？”行者道：“不瞞師父説：我老孫五百年前，據花果山稱王的時節，也不知打死多少人；假似你説般話，我就做不到齊天大聖了。”三藏道：“只因你沒收沒管，暴橫人間，欺天誑上，才受這五百年前之難。今既入了沙門，若是還像當時行兇，一味傷生，去不得西天，做不得和尚！咄惡！咄惡！”

　　原來這猴子一生受不得人氣。他見三藏只管絮絮叨叨，按不住心頭火發道：“你既是説我做不得和尚，上不得西天，不必這般囉嗦惡我，我回去便了！”説畢，將身一縱，説一聲：“老孫去也！”三藏急抬頭，早已不見。只聞得呼的一聲，回東而去。那長老孤孤零零，悲怨不已，道：“這廝！這等不受教誨！我但説他幾句，他怎麽就無形無影的，徑回去了？——罷！罷！罷！也是我命裏不該招徒弟！”

　　那長老只得收拾行李，捎在馬上，也不騎馬，一隻手拄着錫杖，一隻手揪着韁繩，淒淒涼涼，往西前進。行不多時，只見山路前面，有一個年高的老母，捧一件綿衣，綿衣上有一頂花帽。三藏見他來得至近，慌忙牽馬讓行。那老母問道：“你是哪裏來的長老，孤單一個獨行於此？”

三藏道："弟子乃東土大王差往西天求真經者。"老母道："西方佛乃大雷音寺天竺國界，此去有十萬八千里路。你這等單人獨馬，無個徒弟，如何去得！"三藏道："弟子日前，收得一個徒弟，他性潑兇頑，是我說了他幾句，他不受教，遂渺然而去也。"老母道："我有這一領綿布直裰，一頂嵌金花帽。原是我兒子用的。他只做了三日和尚，不幸命短身亡。長老啊，你既有徒弟，我把這衣帽送了你罷。"三藏道："承老母盛賜；只是我徒弟已走了，不敢領受。"老母道："他哪廂去了？"三藏道："我聽得呼的一聲，他回東去了。"老母道："東邊不遠，就是我家，想必往我家去了。我那裏還有一篇咒兒，喚作'定心真言'，又名作'緊箍兒咒'。你可暗暗地唸熟，牢記心頭，莫洩漏一人知道。我去趕上他，叫他還來跟你，你卻將此衣帽與他穿戴。他若不服你使喚，你就默唸此咒，他再不敢去了。"三藏低頭拜謝。那老母化一道金光，回東而去。三藏情知是觀音菩薩授此真言，急忙撮土焚香，望東懇懇禮拜。拜罷，收了衣帽，藏在包袱中間。坐於路旁，誦習那《定心真言》。來回唸了幾遍，唸得爛熟。

　　卻說那悟空別了師父，一筋斗雲，早已十萬八千里外，正走，卻遇着南海菩薩。菩薩道："孫悟空，你怎麼不受教誨，不保唐僧，來此處何幹？"慌得個行者在雲端裏施禮道："向蒙菩薩善言，果有唐朝僧到，揭了壓帖，救了我命，跟他做了徒弟。他卻怪我兇頑，我才閃[1]他一閃，如今就去保他也。"菩薩道："趕早去，莫錯過了念頭。"言畢，各回。這行者，須臾間看見唐僧在路旁悶坐。他上前道："師父！怎麼不走路？還在此做甚？"三藏抬頭道："你往哪裏去了？教我行又不敢行，動又不敢動，只管在此等你。我略略的言語重了些兒，你就怪我，使個性子丟了我去。只管我在此忍餓。你也過意不去呀！"行者道："師父，你若餓了，我便去與你化些齋吃。"三藏道："不用化齋。我那包袱裏，還有些乾糧，你去拿缽盂尋些水來，等我吃些兒走路罷。"

行者去解開包袱，在那包袱中間見有幾個粗麵燒餅，拿出來遞給師父。又見那光豔豔的一領綿布直裰，一頂嵌金花帽，行者道："這衣帽是東土帶來的？"三藏就順口兒答應道："是我小時穿戴的。這帽子若戴了，不用教經，就會唸經；這衣服若穿了，不用演禮，就會行禮。"行者道："好師父，與我穿戴了罷。"三藏道："你若穿得，就穿了罷。"行者遂將綿布直裰穿上，又把帽兒戴上。三藏見他戴上帽子，就不吃乾糧，卻默默地唸那《緊箍咒》

一遍。行者叫道：“頭痛！頭痛！”那師父不住地又唸了幾遍，把那行者痛得打滾，抓破了嵌金的花帽。三藏恐怕扯斷金箍，住了口不唸。不唸時，他就不痛了。伸手去頭上摸摸，似一條金線兒模樣，緊緊地勒在上面，揪不斷，已此生了根了。他從耳裏取出針兒來，撞入箍裏，往外亂捎。三藏口中又唸起來，他依舊生痛，痛得耳紅面赤，眼脹身麻。那師父見他這樣，又復住了口，他的頭又不痛了。行者道：“我這頭，原來是師父咒我的。”三藏道：“我唸的是《緊箍經》，何曾咒你？你今番可聽我教誨了？”行者道：“聽教了！”——“你再可無禮了？”行者道：“不敢了！”三藏道：“既如此，伏侍我上馬去也。”那行者才死心塌地，抖擻精神，束一束綿布直裰，扣背馬匹，收拾行李，奔西而進。

注　釋

1 閃——撇開。

第六回

悟空三打白骨精
聖僧恨逐美猴王

話說行者伏侍唐僧西進，這一路上：鷹愁澗收了龍馬，他本是西海敖閏的三太子；高老莊收了悟能，又名豬八戒，使一柄九齒釘鈀，他本是天蓬水神；流沙河收了悟淨，又名沙和尚，使一根降妖寶杖，他本是捲簾將軍。他們三個都因犯了天律，罰在下界，只望保唐僧去西天取得真經，將功折罪，得成正果。自此，唐僧騎着那匹龍馬，身邊有八戒扶持，前面有悟空開路，後頭有沙和尚挑着行李，徑往西天去也。

師徒行夠多時，一日，只見一座高山。三藏道：“徒弟，前面有山險峻，大家須仔細仔細。”行者道：“師父放心，我等自然理會。”三藏道：“悟空，我這一日，肚中飢了，你去化些齋吃。”行者取了鉢盂，縱起祥光，筋斗晃晃，冷氣颼颼，須臾間，奔南山摘桃。

　　常言有云：“山高必有怪，嶺峻卻生精。”果然這山上有一個妖精。孫大聖去時，驚動那怪。他在雲端裏，踏着陰風，看見長老坐在地下，就不勝歡喜道：“造化！造化！幾年家人都講東土的唐和尚取‘大乘’，他是十世修行的原體。有人吃他一塊肉，長壽長生。真個今日到了。”那妖精上前就要拿他，只見三藏左右有八戒、沙僧護持，不敢攏身。妖精說：“等我且戲他戲，看怎麼說。”好妖精，停下陰風，在那山凹裏，搖身一變，變作個月貌花容的女兒，眉清目秀，齒白唇紅，左手提着一個青砂罐兒，右手提着一個綠磁瓶兒，從西向東，徑奔唐僧。三藏一見，連忙跳起身來，從西向東，徑奔唐僧。三藏一見，連忙跳起身來，合掌當胸道：“女菩薩，你府上在何處住？是甚人家？”

　　適時，那行者自南山頂上，摘了幾個桃子，托着鉢盂，一筋斗，點將回來；睜火眼金睛觀看，認得那女子是個妖精，放下鉢盂，掣鐵棒，望妖精劈臉一下。那怪物使個“解屍法”，見行者棍子來時，他卻預先走了，把一個假屍首打死在地下。諕得個長老戰戰兢兢，口中作唸道：

“這猴着然無禮！屢勸不從，無故傷人性命！”行者道：“師父莫怪，你且來看看這罐子裏是甚東西。”沙僧攙着長老，近前看時，卻是一罐子拖尾巴的長蛆，還有幾個青蛙、癩蛤蟆，滿地亂跳。長老才有三分兒信了。怎禁豬八戒氣不忿，在旁漏八分兒唆嘴道：“師父，說起這個女子，她是此間農婦，因為送飯下田，路遇我等，卻怎麼栽她是個妖怪？哥哥的棍重，走將來就打殺了；怕你唸甚麼《緊箍兒咒》，故意的使個障眼法兒，變作這等樣東西，演晃你眼，使不唸咒哩。”

三藏竟信那呆子攛唆，手中捻訣，口裏唸咒。行者就叫：“頭疼！頭疼！莫唸！莫唸！有話便說。”唐僧道：“有甚話說！出家人念念不離善心，你怎麼步步行兇！打死這個無故平人？你回去罷！我不要你做徒弟。”行者道：“你不要我做徒弟，只怕你西天路去不成。”唐僧道：“我命在天，該那個妖精蒸了吃，就是煮了，也算不過。終不然，你救得我的大限？你快回去！”行者道：“師父，我回去便也罷了，只是不曾報得你的恩哩。”唐僧道：“我與你有甚恩？”那大聖聞言，連忙跪下叩頭道：“老孫因大鬧天宮，被我佛壓在兩界山；幸觀音菩薩與我受了戒行，師父救脫吾身；若不與你同上西天，顯得我‘知恩不報非君子。'"原來這唐僧是個慈憫的聖僧。他見行者哀告，卻也回心轉意道："既如此說，且饒你這一次。再休無禮。如若仍前作惡，這咒語顛倒就唸二十遍！"行者道："三十遍也由你，只是我不打人了。"卻才伏侍唐僧上馬，又將摘來桃子奉上。唐僧在馬上也吃了幾個，權且充飢。

卻說那妖精，脫命升空。在那雲端裏，咬牙切齒，暗恨行者道："孫悟空之名，果然名不虛傳。我本已得手，不期被他走來，弄破我這勾當，又幾乎被他打了一棒。若饒了這個和尚，誠然是勞而無功也。我還下去戲他一戲。"好妖精，按落陰雲，在那前山坡下，搖身一變，變作個老婦人，年滿八旬，手拄着一根彎頭竹杖，一步一聲地哭着走來。八戒見了，大驚道："師父！不好了！那媽媽兒來尋人了！"唐僧道："尋甚人？"八戒道："師兄打殺的，定是她女兒。這個定是她娘尋將來了。"行者道："兄弟莫要胡說！那女子十八歲，這老婦有八十歲，怎麼六十多歲還生產？等老孫去看來。"好行者，拽開步，走近前觀看。

行者認得他是妖精，更不理論，舉棒照頭便打。那怪見棍子起時，依然抖擻，又出化了元神，脫真兒去了；把個假屍首又打死在路旁之下。唐僧一見，驚下馬來，更無二話，只是把《緊箍兒咒》顛倒足足唸了二十遍。把個行者弄得十分疼痛難忍，滾將哀告道：「師父莫唸了！有甚話說了罷！」唐僧道：「有甚話說！出家人耳聽善言，我這般勸化你，你怎麼只是行兇？把平人打死一個又一個，此是何說？」行者道：「他是妖精。」唐僧道：「這個猴子胡說！就有這許多妖怪！你是個無心向善之輩，你去罷！」行者道：「師父又叫教我去？回去便也回去了，只是一件不相應。」唐僧道：「你有甚麼不相應處？」行者道：「實不瞞師父說。老孫五百年前，居花果山水簾洞大展英雄之際，收降七十二洞邪魔，手下有四萬七千小怪，頭戴的是紫金冠，身穿的是赭黃袍，手執的是如意金箍棒：着實也曾為人。自從跟你做了徒弟，把這個‘金箍兒’勒在我頭上，若回去，卻也難見故鄉人。師父果若不要我，把那個《鬆箍兒咒》唸一唸，退下的個箍子，交付與你，我就快活了。」唐僧大驚道：「悟空，我當時只是菩薩暗授一卷《緊箍兒咒》，卻沒有甚麼《鬆箍兒咒》。」行者道：「若無《鬆箍兒咒》，你還帶我去走走罷。」長老又沒奈何道：「你且起來，我再饒你這一次，卻不可再行兇了。」行者道：「再不敢了。再不敢了。」又伏侍師父上馬，剖路前進。

卻說那妖精在半空中，誇獎不盡道："好個猴王，着然有眼！我那般變了去，他也還認得我。這些和尚，他去得快，若過此山，西下四十里，就不伏我所管了。若是被別處妖魔撈了去，就笑破他人口，使碎自家心。我還下去戲他一戲。"好妖精，按聳陰風，在山坡下搖身一變，變作一個口中唸經的老公公，八戒一見，又播弄道："敢情是那婆婆的丈夫，師兄打殺了他的女兒及妻子，他尋將來了。說不定要我們償命呢？"

行者聽見道："這個呆根，這等胡說，可不諕了師父？等老孫再去看看。"他把棍藏在身邊，走上前，迎着怪物，叫聲："老官兒，往哪裏去？怎麼又走路，又唸經？"那妖精錯把孫大聖也當作個等閒的，遂答道："長老啊，我老漢祖居此地，一生好善齋僧，看經唸佛。命裏無兒，止生得一個小女，招了個女婿。今早送飯下田，想是遭逢虎口。老妻先來找尋，也不見回去。老漢特來尋看。果然是傷殘他命，也沒奈何，將她骸骨收拾回去，安葬塋中。"行者笑道："你瞞不過我！我認得你是個妖精！"好大聖，唸動咒語，叫當坊土地、本處山神道："這妖精三番來戲弄我師父，這一番卻要打殺他。你與我在半空中作證，不許走了。"眾神聽令，都在雲端裏照應。那大聖棍起處，打倒妖魔，才斷絕了靈光。

那唐僧在馬上，又諕得戰戰兢兢，口不能言，八戒在旁邊又笑道：“好行者！風發了！只行了半日路，倒打死三個人！”唐僧正要唸咒，行者急到馬前，叫道：“師父，莫唸！莫唸！你且來看看他的模樣。”卻是一堆粉骷髏在那裏。唐僧大驚道：“悟空，這個人才死了，怎麼就化作一堆骷髏？”行者道：“他是個潛靈作怪的殭屍，在此迷人敗本；被我打殺，他就現了本相。他那脊樑上有一行字，叫作‘白骨夫人’。”唐僧聞説，倒也信了；怎禁那八戒旁邊唆嘴道：“師父，他的手重棍凶，把人打死，只怕你唸那話兒，故意變化這個模樣，掩你的眼目哩！”唐僧果然又信了他，隨復唸起。行者禁不得疼痛，跪於路旁，只叫：“莫唸！莫唸！有話快説了罷！”唐僧道：“猴頭！還有甚説話！你在這荒郊野外，一連打死三人，撞出大禍，你回去罷！”行者道：“師父錯怪了我也。這廝分明是個妖魔，他實有心害你。我倒打死他，替你除了害，你卻不認得，反信了那呆子讒言冷語，屢次逐我。我若不去，真是個下流無恥之徒。我去便去了，只是你手下無人。”唐僧發怒道：“這潑猴越發無禮！看起來，只你是人，那悟能、悟淨，就不是人？”

那大聖一聞得說，他兩個是人，止不住傷情悽慘，對唐僧道聲：「苦啊！你那時節，出了長安，到兩界山，救我出來，投拜你為師；我曾穿古洞，入深林，擒魔捉怪，收八戒，得沙僧，吃盡千辛萬苦；今日昧着惺惺使糊塗，只教我回去：這才是『鳥盡弓藏，兔死狗烹！』──罷！罷！罷！但只是多了那《緊箍兒咒》。」唐僧道：「我再不唸了。」行者道：「這個難說：若到那毒魔苦難處不得脫身，八戒、沙僧救不得你，那時節，想起我來，忍不住又唸誦起來，就是十萬里路，我的頭也是疼的。」

唐僧見他言言語語，越發惱怒，滾鞍下馬來，叫沙僧包袱內取出紙筆，即於澗下取水，石上磨墨，寫了一紙貶書，遞於行者道：「猴頭！執此為照！再不要你做徒弟了！如再與你相見，我就墮了入地獄！」行者連忙接了貶書道：「師父，不消發誓，老孫去罷。」他將書摺了，留在袖內，對唐僧道：「師父，我也是跟你一場，又蒙菩薩指教；今日半途而廢，不曾成得功果，你請坐，受我一拜。我也去得放心。」唐僧轉回身不睬，口裏唧唧噥噥地道：「我是個好和尚，不受你歹人的禮！」大聖見他不睬，又把腦後毫毛拔了三根，吹口仙氣，叫：「變！」即變了三個行者，連本身四個，四面圍住師父下拜。那長老左右躲不脱，好道也受了一拜。

　　大聖跳起來，把身一抖，收上毫毛，卻又吩咐沙僧道："賢弟，你是個好人，卻只要留心防着八戒胡説八道，途中更要仔細。倘一時有妖精拿住師父，你就説老孫是他大徒弟：西方毛怪，聞我的手段，不敢傷我師父。"唐僧道："我是個好和尚，不提你這歹人的名字。你回去罷。"那大聖見長老三番兩覆，不肯轉意回心，沒奈何，徑回花果山水簾洞去了。

第七回

寶象國公主受拐
黑松林三藏逢魔

卻說唐僧聽信讒言，逐走大聖。攀鞍上馬，八戒前邊開路，沙僧挑着行李西行。過了白虎嶺，忽見一帶林坵，真個是藤攀葛繞，柏翠松青。三藏叫道："徒弟呀，松林叢簇，樹木森羅，切須仔細！恐有妖邪妖獸。"八戒抖擻精神，叫沙僧帶着馬，他使釘鈀開路，領唐僧徑入松林之內。正行處，那長老兜住馬道："八戒，我這一日其實飢了，哪裏尋些齋飯我吃？"八戒道："師父請下馬，在此等老豬去尋。"長老下了馬，沙僧歇了擔，取出鉢盂，遞與八戒。八戒道："我去也。"

過了許久，未見蹤影。長老在那林間，耳熱眼跳，身心不安。急回叫沙僧道："悟能去化齋，怎麼這早晚還不回？"沙僧道："師父，你還不曉得哩。他見這西方上人家齋僧的多，他肚子又大，他管你？直等他吃飽了才來哩。"三藏道："正是呀；倘或他在那裏貪着吃齋，我們哪裏會他？天色晚了，須要尋個下處方好哩。"沙僧道："不打緊，師父，你且坐在這裏，等我去尋他來。"三藏道："正是，正是；有齋沒齋罷了，只是尋下處要緊。"沙僧綽了寶杖，徑出松林，向西走去，來找八戒。

長老獨坐林中，十分悶倦。只得強打精神，跳將起來，把行李攢在一處，將馬拴在樹上，取下斗笠，插定了錫杖，整一整緇衣，徐步幽林，權為散悶，看遍了野草山花。原來那林子內都是些草深路小的去處，他情思紊亂，卻走錯了，走向南邊去了。出得松林，忽抬頭，見那壁廂金光閃爍，彩氣騰騰。仔細看處，原來是一座寶塔，金頂放光。那長老舉步進前，才來到塔門之下，只見一個斑竹簾兒，掛在裏面。他破步入門，揭起來，往裏就進，猛抬頭，見那石牀上，側睡着一個青臉獠牙妖魔。

那長老看見他這般模樣，諕得遍體酥麻，兩腿酸軟，即忙的抽身便走。剛剛轉了一個身，那妖魔的靈性着實是強大。撐開着一雙金睛鬼眼，叫聲："小的們，你看門外是甚麼人！"一個小妖就伸頭望門外一看，看見是個光頭的長老，連忙跑將進去，報道："大王，外面是個和尚哩。團頭大面，兩耳垂肩；嫩刮刮的一身肉，細嬌嬌的一張皮：是好個和尚！"那妖聞言，呵聲笑道："這叫作自來的衣食。與我拿將來！重重有賞。"那些小妖，就是一窩蜂，齊齊擁上。三藏見了，雖則是一心忙似箭，兩腳走如飛；終是心驚膽顫，腿軟腳麻，哪裏移得動？被那些小妖，平抬將去。

你看那眾小妖，抬得長老，歡歡喜喜，報聲道："大王，拿得和尚進來了。"那妖道："你是哪裏和尚？從哪裏來？到哪裏去？快快說明！"三藏道："我本是唐朝僧人，奉大唐皇帝敕命，前往西方訪求經偈。經過貴山，特來塔下謁聖，不期驚動威嚴，望乞恕罪。"那妖聞言，呵呵大笑道："我說是上邦人物。果然是你，來的甚好！甚好！你該是我口內的食，自然要撞將來，就走也走不脫！"叫小妖："把那和尚拿去綁了！"那些小妖，一擁上前，把個長老繩纏索綁，縛在那定魂椿上。

老妖持刀又問道："和尚，你一行有幾人？"三藏見他持刀，又老實說道："大王，我有兩個徒弟，叫作豬八戒、沙和尚，都出松林化齋去了。還有一擔行李，一匹白馬，都在松林裏放着哩。"老妖道："又造化了！兩個徒弟，連你三個，連馬四個，夠吃一頓了！"小妖道："我們去捉他來。"老妖道："不要出去，把前門關了。他兩個化齋來，一定尋師父吃；尋不着，一定尋着我門上。常言道：'上門的買賣好做。'且等慢慢地捉他。"眾小妖把前門閉了。

且不言三藏逢災。卻說那沙僧出林找八戒，直有十餘里遠近，不曾見個莊村。他卻站在高埠上正然觀看，只聽得草中有人言語，急使杖撥開深草看時，原來是八戒睡着了，在說夢話哩。被沙僧揪着耳朵，方叫醒了。沙僧道："師父教你化齋，你竟在此睡覺！"那呆子冒冒失失地醒來道："兄弟，有甚時候了？"沙僧道："快起來！師父說有齋沒齋也罷，教你我那裏尋下住處哩。"呆子懵懵懂懂的，托着鉢盂，拑着釘鈀，與沙僧徑直回來。到林中看時，不見了師父。沙僧埋怨道："都是你這呆子化齋不來，必有妖精拿師父也。"八戒笑道："兄弟，莫要胡說。那林裏是個清雅的去處，決然沒有妖精。想是老和尚坐不住，往哪裏觀風[1]去了。我們尋他去來。"二人只得牽馬挑擔，收拾了斗篷、錫杖，出松林尋找師父。

他兩個尋一會不見，忽見那正南下有金光閃灼。八戒道："兄弟啊，有福的只是有福。師父往他家去了，那放

光的是座寶塔。誰敢怠慢？一定要安排齋飯，留他在那裏
受用。我們還不走動些，也趕上去吃些齋兒。”沙僧道：
“哥啊，定不得吉凶哩。我們且去看來。”二人雄糾糾地
到了門前，只見那門上橫安了一塊白玉石板，上鐫着六個
大字：“碗子山波月洞”。沙僧道：“哥啊，這不是甚麼
寺院，是一座妖精洞府也。”八戒道：“兄弟莫怕。你且
拴下馬匹，守着行李，待我問他的信看。”那呆子舉着鈀，
上前高叫：“開門！開門！”那洞內有把門的小妖，開了
門。忽見他兩個的模樣，急抽身，跑入裏面報道：“大王！
洞門外有一個長嘴大耳的和尚，與一個晦氣色的和尚，
來叫門了！”老妖大喜道：“是豬八戒與沙僧尋將來也！
——噫，他也會尋哩！怎麼就尋到我這門上？取黃金披
掛來！”老妖綽刀在手，徑出門來。

　　那黃袍老怪，出得門來，便問：“你是哪方和尚，在
我門首吆喝？”八戒道：“我兒子，你不認得？我是你老
爺！我是大唐差往西天去的！我師父是那御弟三藏。若在
你家內，趁早送出來，省了我釘鈀築進去！”那怪笑道：
“是，是，是有一個唐僧在我家。我也不曾怠慢他，安排
些人肉包兒與他吃哩。你們也進去吃一個兒，何如？”八
戒不信其言，掣釘鈀，望妖怪劈臉就築。那怪物側身躲

過，使鋼刀急架相迎。兩個都顯神通，縱雲頭，跳在空中廝殺。沙僧撇了行李、白馬，舉寶杖，急急幫攻。三個在半空中，往往來來，戰經數十回合，不分勝負。

且不言他三人戰鬥。卻說那長老在洞裏悲啼，思量他那徒弟。眼中流淚道："幾時得脫大難，早赴靈山！"正當悲啼煩惱，忽見那洞內走出一個婦人來，叫道："那長老，你從何來？為何被他縛在此處？"長老聞言，淚眼偷看，那婦人約有三十年紀。遂道："女菩薩，不消問了。我已是該死的，走進你家門來也。要吃就吃了罷，又問怎的？"那婦人道："我不是吃人的。我家離此西下，有三百餘里。那裏叫作寶象國。我是那國王的三公主，乳名百花羞。只因十三年前，八月十五日夜，玩月中間，被這妖魔，一陣狂風攝將來，與他做了夫妻。在此生兒育女，杳無音信回朝。你從何來，被他拿住？"唐僧道："貧僧乃是差往西天取經者。不期閒步，誤撞在此。如今要拿住我兩個徒弟，一齊蒸吃哩。"那公主陪笑道："長老寬心。你既是取經的，我救得你。那寶象國是你西方去的大路。你與我捎一封書兒去，拜上我那父母，我就教他饒了你罷。"三藏點頭道："女菩薩，若還救得貧僧命，願做捎書寄信人。"

那公主急轉後面，即修了一紙家書，封固停當；到椿前解放了唐僧，將書付與。唐僧得解脫，捧書在手道："女菩薩，多謝你活命之恩。貧僧這一去，過貴處，定送國王處。只恐日久年深，你父母不肯相認，奈何？"公主道："不妨，我父王無子，止生我三個姊妹，若見此書，必有相看之意。"三藏聞言，磕了頭，辭別公主，躲離後門之外，不敢自行，將身藏在荊棘叢中。

卻說公主娘娘出門外，分開了大小羣妖；只聽得叮叮噹噹，兵刃亂響。原來是八戒、沙僧與那怪在半空裏廝殺哩。這公主厲聲高叫道："黃袍郎！"那妖王聽得公主叫喚，即丟了八戒、沙僧，按落雲頭，揪了鋼刀，攙着公主道："渾家，有甚話說？"公主道："郎君啊，看我薄意，饒了那和尚罷。"他遂綽了鋼刀，高叫道："那豬八戒，你過來。我不是怕你，不與你戰；看着我渾家的份上，饒了你師父也。趁早去後門首，尋着他，往西方去罷。若再來犯我境界，斷乎不饒！"

那八戒與沙僧聞得此言，就如鬼門關上放回來的一般。急忙牽馬挑擔，鼠竄而行。轉過那波月洞，後門之外，叫聲："師父！"那長老認得聲音，就在那荊棘中答應。沙僧就剖開草徑，攙着師父，慌忙地上馬。一程一程，長亭短亭，不覺地就走了二百九十九里。猛抬頭，只見一座好城，就是寶象國。師徒三眾收拾行李、馬匹，安歇館驛中。

次日，唐僧師徒拜見國王，遞上三公主手寫家書。國王接了，見有"平安"二字，一發手軟，拆不開書。傳旨宣翰林院大學士上殿讀書。那學士讀罷家書，國王大哭，哭了許久，便問兩班文武："哪個敢興兵領將，與寡人捉獲妖魔，救我百花公主？"連問數聲，更無一人敢答。國王急回頭，便請三藏道："長老若有手段，放法力，捉了妖魔，救我孩兒回朝，朕與你結為兄弟，同坐龍床，共享富貴如何？"三藏慌忙啟上道："貧僧粗知唸佛，其實不會降妖。"國王道："你既不會降妖，怎麼敢上西天拜佛？"那長老瞞不過，說出兩個徒弟來了。

國王便央唐僧師徒代為拯救三公主。三藏見國王可憐，便差八戒、沙僧前往。

他兩個不多時，到了洞口，按落雲頭。八戒掣鈀，往那波月洞的門上，儘力氣一築，把他那石門築了斗來大小的個窟窿。嚇得那把門的小妖急跑進去報道："大王，不好了！那長嘴大耳的和尚，與那晦氣色臉的和尚，又來把門都打破了！"那怪驚道："我饒了他師父，怎麼又敢復來打我的門！"急整束了披掛，綽了鋼刀，走出來問道：
"那和尚，我既饒了你師父，你怎麼又敢來打上我門？"
八戒道："你這潑怪幹得好事兒！"老魔道："甚麼事？"
八戒道："你把寶象國三公主騙來洞內，倚強霸佔為妻，
住了一十三載，我奉國王旨意，特來擒你。你快快進去，
自家把繩子綁縛出來，還免得老豬動手！"那老怪聞言，
十分發怒，睜圓環眼；雄糾糾，舉起刀來；攔頭便砍。八
戒側身躲過，使釘鈀劈面迎來；隨後又有沙僧舉寶杖趕上
前齊打。這一場山頭上賭鬥，戰經八九個回合，八戒漸漸
不濟將來，釘鈀難舉，氣力不加。便道："沙僧，你且上
前來與他鬥着，讓老豬出恭來。"他就顧不得沙僧，一溜
往那蒿草薜蘿處躲，再也不敢出來。那怪見八戒走了，就
奔沙僧。沙僧措手不及，被怪一把抓住，捉進洞去。

注 釋

1 觀風——遊覽、參觀。

第八回

豬八戒義激猴王
孫行者智降妖怪

卻說那豬八戒，從離了沙僧，一頭藏在草棵裏，直睡到半夜時候才醒。醒來時，見那星移斗轉，約莫有三更時分，心中想道："我要回救沙僧，誠然是孤掌難鳴。……罷！罷！罷！我且進城去見了師父，再選些驍勇人馬，明日來救沙僧罷。"

那呆子急縱雲頭，徑回城裏。半霎時，到了館驛。此時人靜月明。兩廊下尋不見師父，只見白馬睡在那廂，渾身水濕，後腿有盤子大小一點青痕。八戒失驚道："這馬又不曾走路，怎麼身上有汗，腿有青痕？想是歹人打劫師父，把馬打壞了。"那白馬認得是八戒，忽然口吐人言，叫聲："師兄！"這呆子嚇了一跌，扒起來，往外要走，被白馬探探身，一口咬住衣裳，道：“哥啊，你莫怕我。”
八戒戰兢兢地道：“兄弟，你怎麼今日說起話來了？你但說話，必有大不祥之事。”白馬道：“你知師父有難麼？那妖精變作一個俊俏文人，撞入朝中，與皇帝認了親眷。把我師父變作一個斑斕猛虎，被眾臣捉住，鎖在朝房鐵籠裏面。我心如刀割，你兩日又不在不知，恐一時傷了性命。只得化龍身去救，不期到朝裏，尋不見師父。及到銀安殿外，遇見妖精，把我戰敗，幸逃得性命，腿上青是他打的。”

八戒聞言道：“真個有這樣事？怎的好！怎的好！”

白馬沉吟半晌，又滴淚道：“師兄啊，你趁早兒駕雲回上花果山，請大師兄孫行者來。他還有降妖的大法力，管教救了師父，也與你我報得這敗陣之仇。”八戒道：“兄弟，另請一個兒便罷了，那猴子與我有些不睦。前者在白虎嶺上，打殺了那白骨夫人，他怪我攛掇師父唸緊箍兒咒，把他趕逐回去，他不知怎麼樣的惱我。倘或言語上，略不相對，他那哭喪棒又重，假若不知高低，撈上幾下，我怎的活得成麼？”白馬道：“他決不打你。他是個有仁有義的猴王。你見了他，且莫說師父有難，只說：‘師父想你哩。’把他哄將來，到此處，見這樣個情節，他必然不忿；要與那妖精比拼，管情救得我師父。"八戒道："也罷，也罷。我若不去，顯得我不盡心了。我這一去，果然行者肯來，我就與他一路來了；他若不來，你卻也不要望我，我也不來了。"白馬道："你去，你去，管情他來也。"

真個呆子收拾了釘鈀，整束了直裰，跳將起去，踏着雲，徑往東來。見着行者。行者道："你不跟唐僧取經去，卻來這裏怎的？想是你衝撞了師父，也貶你回來了？"八戒道："實不瞞哥哥說。自你回後，我與沙僧，保師父前行。但遇一黃袍怪把師父變作了老虎，又捉了沙僧，打傷了白龍馬，是白龍馬教我來請師兄的，萬望哥哥念'一日為師，終身為父'之情，千萬救師父一救！"

行者道："你這個呆子！我臨別之時，曾叮嚀又叮嚀，說道：'若有妖魔捉住師父，你就說老孫是他大徒弟。'怎麼卻不說我？"八戒道："我曾說：'妖精，你不要無禮，莫害我師父！我還有個大師兄，叫作孫行者。他神通廣大，善能降妖，他來時教你死無葬身之地！'那怪聞言，越加忿怒，罵道：'是個甚麼孫行者，我可怕他！他若來，我剝了他皮，抽了他筋，吃了他心！把他剁鮓着油烹！'"行者聞言，就氣得抓耳撓腮，暴躁亂跳道："賢弟，你起來。既是妖精敢罵我，我就不能不降他。我和你去，老孫五百年前大鬧天宮，普天的神將看見我，一個個控背躬身，口口稱呼大聖。這妖怪無禮，他敢背前面後罵我！我這去，把他拿住，碎屍萬段。"八戒道："哥哥，正是。"

那大聖才和八戒攜手駕雲，離了洞，過了東洋大海，至西岸，只見那金塔放光。八戒指道："那不是黃袍怪家？沙僧還在他家裏。"行者道："你在空中，等我下去看看那門前如何，好與妖精見陣。"八戒道："不要去，妖精不在家。"行者道："我曉得。"那行者走進洞中，尋着公主，叫公主往僻靜處躲避，自己卻搖身一變，變作公主一般模樣，候那黃袍怪回來。

卻說那怪徑回洞口。行者見他來時，設法哄他，把眼擠了一擠，撲簌簌淚如雨落，跌腳搥胸，於此洞裏嚎啕痛哭。那怪一時間，哪裏認得，上前摟住道："渾家，你有何事，這般煩惱？"行者道："我不怎的，只是有些心疼。"妖魔道："不打緊；你請起來，我這裏有件寶貝，只在你那疼上摸一摸兒，就不疼了。卻要仔細，休使大指兒彈着；若使大指兒彈着啊，就看出我本相來了。"行者聞言，心中暗笑道："這潑怪，倒也老實；不動刑法，就自家供了。等他拿出寶貝來，我試彈他一彈，看他是個甚麼妖怪。"那怪攜着行者，一直行到洞裏深遠密閉之處。

卻從口中吐出一件寶貝，有雞子大小，是一顆舍利子玲瓏內丹。那猴子拿將過來，故意摸了一摸，一指頭彈將去。那妖慌了，劈手來搶。那猴子好不溜撒，把那寶貝一口吸進肚裏。那妖魔攢着拳頭就打，被行者一手隔住，把臉抹了一抹，現出本相，道聲："妖怪！不要無禮！你且認認看！我是誰？"

那妖怪見了，急傳號令，把那山前山後羣妖，洞裏洞外諸怪，一齊點起，各執器械，把那三四層門，密密攔阻不放。行者見了，滿心歡喜，雙手理棍，喝聲叫："變！"變得三頭六臂；把金箍棒晃一晃，變作三根金箍棒。你看他六隻手，使着三根棒，一路打將去。可憐那小怪，湯着的，頭如粉碎；刮着的，血似水流！——往來縱橫，如入無人之境。止剩一個老妖，趕出門來罵道："你這潑猴，怎麼上門子欺負人家！"行者急回頭，用手招呼道："你來！你來！打倒你，才是功績！"

那怪物舉寶刀，分頭便砍；好行者，掣鐵棒，覿面相迎。他兩個戰有五六十合，不分勝負。行者心中暗喜道："這個潑怪，他那口刀，倒也抵得住老孫的這根棒。等老孫丟個破綻與他，看他可認得。"好猴王，雙手舉棍，使一個"高探馬"的勢子。那怪不識是計，見有空兒，舞着寶刀，徑奔下三路砍；被行者急轉個“大中平”，挑開他那口刀，又使個“葉底偷桃勢”，望妖精頭頂一棍，就打得他無影無蹤。急收棍子看處，不見了妖精。行者大驚道：“我兒啊，果是打死，好道也有些膿血，如何沒一毫蹤影，想是走了。”——急縱身跳在雲端裏看處，四邊更無動靜。——“老孫這雙眼睛，不管哪裏，一抹都見，卻怎麼走得這等溜撒？——我曉得了：那怪說有些兒認得我，想必不是凡間的怪，多是天上來的精。”

那大聖一時忍不住怒發，攥着鐵棒，打個筋斗，只跳到南天門上。直至通明殿下。早有四大天師問道：“大聖何來？”行者道：“因保唐僧至寶象國，有一妖魔，欺騙國女，傷害吾師，老孫與他賭鬥。正鬥間，不見了這怪。想那怪多是天上之精，特來查勘，那一路走了甚麼妖神。”天師聞言，忙去查探。不久，查訖，向玉帝奏道：“奎木狼下界了。”玉帝道：“多少時不在天了？”天師道：“四卯不到。三日點卯一次，今已十三日了。”玉帝道：“天上十三日，下界已是十三年。”即命本部收他上界。

那二十七宿星員，領了旨意，出了天門，各唸咒語，驚動奎星。你道他在哪裏躲避？他原來是孫大聖大鬧天宮時打怕了的神將，閃在那山澗裏潛災，被水汽隱住妖雲，所以不曾看見他。他聽得本部星員唸咒，方敢出頭，隨眾上界。被大聖攔住天門要打，幸虧眾星勸住，押見玉帝。那怪腰間取出金牌，在殿下叩頭納罪。玉帝貶他去兜率宮與太上老君燒火，帶俸差操，有功復職，無功重加其罪。行者見玉帝如此發放，心中歡喜，辭別玉帝而去。那大聖按落祥光，徑轉碗子山波月洞，尋出公主。並會合八戒、沙僧，將公主帶回金鑾殿上。那公主恭拜父王、母后，會了姊妹，各官俱來拜見。那公主才啟奏道："多虧孫長老法力無邊，降了黃袍怪，救奴回國。"

他三人徑下寶殿，與眾官到朝房裏，抬出鐵籠，將假虎解了鐵索。行者看得出他是人，便笑道："師父啊，你是個好和尚，怎麼弄出這般個惡模樣來也？"八戒道："哥啊，救他救兒罷。不要只管揭挑他了。"行者道："你凡事攛唆，是他個得意的好徒弟，你不救他，又尋老孫怎的？"沙僧近前跪下道："哥啊，古人云：'不看僧面看佛面。'兄長既是到此，萬望救他一救。若是我們能救，也不敢許遠的來奉請你也。"行者用手挽起道："我豈有安心不救之理？快取水來。"那八戒飛星去驛中，取了行李、馬匹，將紫金鉢盂取出，盛水半盂，遞與行者。行者接水在手，唸動真言，望那虎劈頭一口噴上，退了妖術，解了虎氣。

　　長老現了原身，定性眸睛，才認得是行者。一把攬住道：“悟空！你從哪裏來也？”沙僧侍立左右，把那請行者，降妖精，救公主，解虎氣，並回朝上項事，備陳了一遍。三藏謝之不盡，道：“賢徒，虧了你也！這一去，早詣西方，徑回東土，奏唐王，你的功勞第一。”行者笑道：“莫說！莫說！但不唸那話兒，足感愛厚之情也。”國王聞此言，又勸謝了他四眾。整治素筵，大開東閣。他師徒們受了皇恩，辭王西去。

第九回

和尚受難車遲國
三徒夜探三清觀

話說唐三藏師徒迎風冒雪，戴月披星。行夠多時，又值早春天氣。師徒們在路上，遊觀景色，緩馬而行，忽聽得一聲吆喝，好便似千萬人吶喊之聲。唐三藏心中害怕，兜住馬不能前進，急回頭道："悟空，是哪裏這等響震？"孫行者笑道："待老孫看是何如。"好行者，將身一縱，踏雲光，起到空中，睜眼觀看，遠見一座城池，倒也祥光隱隱，不見甚麼凶氣紛紛。行者暗自沉吟道："好去處！如何有響聲震耳？……"正議間，只見那城門外，有一塊沙灘空地，攢簇了許多和尚，在那裏扯車兒哩。原來是一齊着力打號，所以驚動唐僧。

行者漸漸按下雲頭來看。呀！那車子裝的都是磚瓦木頭土坯之類；灘頭上坡坂最高，又有一道夾脊小路，兩座大關；關下路都是直立壁陡之崖，那車兒怎麼拽得上去？雖是天色和暖，那些人卻也衣衫襤褸。看此像十分窘迫，行者心疑道：「想是修蓋寺院，他這裏五穀豐登，尋不出雜工人來，所以這和尚親自努力。……」正自猜疑未定，只見那城門裏，搖搖擺擺，走出兩個頭戴星冠，身披錦繡，面如滿月的少年道士來。那些和尚見道士來，一個個心驚膽戰，加倍着力，恨苦地拽那車子。行者就曉得了：「咦，想必這和尚們怕那道士；不然啊，怎麼這等着力拽扯？我曾聽得人言，西方路上，有個敬道滅僧之處，斷乎此間是也。」

好大聖，按落雲頭，去郡城腳下，搖身一變，變作個遊方的雲水全真，左臂上掛着一個水火籃兒，手敲着漁鼓，口唱着道情詞。近城門，迎着兩個道士，當面躬身道：「動問二位道長，這城中哪條街上好道？哪個巷裏好賢？我貧道好去化些齋吃。」道士笑道：「我這城中，且休說文武官員好道，富民長者愛賢，大男小女見我等拜請奉齋，——這般都不須掛齒，——頭一等就是萬歲君王好道愛賢。」行者道：「貧道是遠方乍來，實是不知。煩二位道長將這裏地名，君王好道愛賢之事，細說一遍。」

道士説：“此城名喚車遲國。寶殿上君王與我們有親。”

行者聞言，呵呵笑道：“想是道士做了皇帝？”他道：“不是。只因這二十年前，民遭亢旱，地絕穀苗，不論君臣黎庶，大小人家，戶戶拜天求雨。正都在倒懸捱命之處，忽然天降下三個仙長來，俯救生靈。”行者問道：“是哪三個仙長？”道士云：“我大師父，號作虎力大仙；二師父，鹿力大仙；三師父，羊力大仙。”行者問曰：“三位尊師，有多少法力？”道士云：“我那師父，呼風喚雨，只在翻掌之間；指水為油，點石成金，卻如轉身之易；君臣相敬，與我們結為親也。”

行者又問道：“為何只見僧人在灘上幹活？”道士云：“你不知道。因當年求雨之時，僧人在一邊拜佛，道士在一邊告斗，都請朝廷的糧食；誰知那和尚不中用，空唸空經，不能濟事。後來我師父一到，喚雨呼風，拔濟了萬民塗炭。卻才惱了朝廷，説那和尚無用，拆了他的山門，毀了他的佛像，不放他們回鄉，御賜與我們家做活，就當小廝一樣。”

行者頂謝不盡，長揖一聲別了道士。敲着漁鼓，徑往沙灘之上，使個神通，將車兒提起來，摔得粉碎。把那些磚瓦木頭，盡抛下坡坂。喝教眾僧：“散！莫在我手腳邊，等我明日見這皇帝，滅那道士！"眾僧道："爺爺呀，我等不敢遠走；但恐在官人拿住解來，卻又吃打發贖，反又生災。"行者道："既如此，我與你個護身法兒。"好大聖，把毫毛拔了一把，嚼得粉碎，每一個和尚與他一截。都教他："捏在無名指甲裏，捏了拳頭，只情走路。無人敢拿你便罷；若有人拿你，握緊了拳頭，叫一聲'齊天大聖'，我就來護你。"眾僧道："爺爺，倘若去得遠了，看不見你，叫你不應，怎麼是好？"行者道："你只管放心，就是萬里之遙，可保全無事。"

卻說那唐僧在路旁，等不得行者回話，教豬八戒引馬投西，遇着些僧人奔走；將近城邊，見行者還與十數個未散的和尚在那裏。三藏勒馬道："悟空，你怎麼來打聽個響聲，許久不回？"行者引了十數個和尚，對唐僧馬前施禮，將上項事説了一遍。三藏大驚道："這樣啊，我們怎了？"那十數個和尚道："老爺放心。孫大聖爺爺乃天神降的，神通廣大，定保老爺無事。我等是這城裏敕建智淵寺內僧人。因這寺是先王太祖御造的，現有先王太祖神像在內，未曾拆毀。城中寺院，大小盡皆拆了。我等請老爺趕早進城，到我荒山安下。待明日早朝，孫大聖必有處置。"行者道："汝等説得是；也罷，趁早進城去來。"

那長老這才下馬，行到城門之下。此時已太陽西墜。過吊橋，進了三層門裏，街上人見智淵寺的和尚牽馬挑包，盡皆迴避。正行時，卻到山門前。但見那門上高懸着一面金字大匾，乃“敕建智淵寺”。眾僧推開門，穿過金剛殿，把正殿門開了。唐僧取袈裟披起，拜遍金身，方入。眾僧叫：“看家的！”老和尚走出來，看見行者，就拜道：“你來了？我認得你是齊天大聖孫爺爺。我們夜夜夢中見你。太白金星常常來託夢，說道，只等你來，我們才得性命。今日果見尊顏與夢中無異。爺爺呀，喜得早來！再遲一兩日，我等俱做鬼矣！”行者笑道：“請起，請起。明日就有分曉。”眾僧安排齋飯，他師徒們吃了。打掃乾淨方丈，安寢一宿。

二更時候，孫大聖心中有事，偏睡不着。只聽得哪裏吹打，悄悄地爬起來，穿了衣服，跳在空中觀看，原來是正南上燈燭熒煌。低下雲頭仔細再看，卻是三清觀道士禳星哩。那三個老道士，披了法衣，想是那虎力、鹿力、羊力大仙。下面有七八百個散眾，司鼓司鐘，侍香表白，盡都侍立兩旁。行者暗自喜道：“我欲下去與他混一混，奈何孤掌難鳴，且回去關照八戒、沙僧一聲，一同來耍耍。”

按落祥雲，徑至方丈中。原來八戒與沙僧睡着。行者先叫悟淨。沙和尚醒來道：“哥哥，你還不曾睡哩？”行者道：“你且起來，我和你受用些來。”沙僧道：“半夜三更，口枯眼澀，有甚受用？”行者道：“這城裏果有一座三清觀。觀裏道士們修醮，三清殿上有許多供養：饅頭足有斗大，燒果有五六十斤一個，襯飯無數，果品新鮮。和你受用去來！”那豬八戒睡夢裏聽見說吃好東西，就醒了，道：“哥哥，就不帶挈我這兒？”行者道：“兄弟，你要吃東西，不要大呼小叫，驚醒了師父。都跟我去。”

他兩個套上衣服，悄悄地走出門，隨行者踏了雲頭，跳將起來。那呆子看見燈光，就要下手。行者扯住道：“且休忙。待他散了，方可下去。”八戒道：“他才唸到興頭上，卻怎麼肯散？”行者道：“等我弄個法兒，他就散了。”好大聖，唸個咒語，吸一口氣，呼地吹去，便是一陣狂風，徑直捲進那三清殿上，把他些花瓶燭台，四壁上懸掛的功德，一齊颳倒，遂而燈火盡無。眾道士心驚膽戰。虎力大仙道：“徒弟們且散。這陣神風所過，吹滅了燈燭香花，各人歸寢，明朝早起，多唸幾卷經文補數。”眾道士果各退回。

這行者卻引八戒、沙僧，按落雲頭，闖上三清殿。呆子拿過燒果來，張口就啃。行者罵道：“莫要小家子行。

且敍禮坐下受用。"八戒道："不羞！偷東西吃，還要敍禮！若是請將來，卻要如何！"行者道："這上面坐的是甚麼菩薩？"八戒笑道："三清也認不得，卻認作甚麼菩薩！"行者道："哪三清？"八戒道："中間的是元始天尊，左邊的是靈寶道君，右邊的是太上老君。"行者道："都要變得這般模樣，才吃得安穩哩。"那呆子急了，聞得那香噴噴供養，要吃，爬上高台，把老君一嘴拱下去道："老官兒，你也坐得夠了，讓我老豬坐坐。"八戒變作太上老君；行者變作元始天尊；沙僧變作靈寶道君。把原像都推下去。及坐下時，八戒就搶大饅頭吃。行者道："莫忙哩！"八戒道："哥哥，變得如此，還不吃等甚麼？"

行者道："兄弟呀，吃東西事小，洩漏天機事大。這聖像都推在地下，倘有起早的道士來撞鐘掃地，或絆一個跟頭，卻不走漏消息？你把它藏過一邊來。"八戒道："此處路生，摸門不着，卻哪裏藏它？"行者道："我才進來時，那右手下有一重小門兒，那裏面穢氣熏人，想必是個五穀輪迴之所。你把它送在那裏去罷。"

這呆子有些夯力量，跳下來，把三個聖像，拿在肩膊上，扛將出來；到那邊，用腳蹬開門看時，原來是個大茅廁。笑道："這個弼馬溫着然會弄嘴弄舌！把個毛坑也與它起個道號，叫作甚麼‘五穀輪迴之所’！”那呆子扛在肩上，望裏一捽，濺了半衣襟臭水，走上殿來。行者道：“可藏得好麼？”八戒道：“藏便藏得好；只是濺起些水來，污了衣服，有些醃臢臭氣。”行者笑道：“也罷，你且來受用；但不知可得個乾淨身子出門哩。”那呆子還變作老君。三人坐下，盡情受用。

原來那東廊下有一個小道士，才睡下，忽然起來道：“我的手鈴兒忘記在殿上，若失落了，明日師父見責。”與那同睡者道：“你睡着，等我尋去。”急忙中不穿底衣，止扯一領直裰，徑到正殿中尋鈴。摸來摸去，鈴兒摸着了。正欲回頭，只聽得有呼吸之聲，急拽步往外走時，不知怎的，躧着一個荔枝核子，撲地滑了一跌。噹的一聲，把個鈴兒跌得粉碎。豬八戒忍不住呵呵大笑，把個小道士諕走了三魂，驚回了七魄，一步一跌，撞到那方丈外，打着門叫：“師公！不好了！禍事了！”三個老道士還未曾睡，即開門問：“有甚禍事？”他戰戰兢兢道：“弟子忘失了手鈴兒，因去殿上尋鈴，只聽得有人呵呵大笑，險些兒諕殺我也！”老道士聞言，即叫：“掌燈來！看是甚麼邪物？”一聲傳令，驚動那兩廊的道士，大大小小，都爬起來點燈着火，往正殿上觀看。

第十回

三清觀大聖留名
車遲國猴王顯法

　　卻說孫大聖左右手分別把沙和尚及豬八戒捏一把，他二人立刻就省悟。坐在高處，侹着臉，不言不語。憑那些道士點燈着火，前後照看，他三個就如泥塑金裝一般模樣。虎力大仙道："沒有歹人，如何把供獻都吃了？"鹿力大仙道："卻像人吃的勾當，有皮的都剝了皮，有核的都吐出核，卻怎麼不見人形？"羊力大仙道："師兄勿疑。想是我們虔心敬意，在此晝夜誦經，斷然驚動天尊。三清爺爺聖駕降臨，受用了這些供養。趁今仙蹤未返，鶴駕在斯，我等可拜告天尊，懇求些聖水金丹，進與陛下，見我們的功果也？"虎力大仙道："說得是。"教："徒弟們動樂誦經！一壁廂取法衣來，等我步罡拜禱。"那些小道士俱遵命，兩班兒擺列齊整。噹的一聲磬響，齊唸一卷黃庭道德真經。虎力大仙披了法衣，舉着玉簡，對面前舞蹈揚塵，拜伏於地。

八戒聞言，心中忐忑，默對行者道：「這是我們的不是：吃了東西，且不走路，只等這般禱祝。卻怎麼答應？」行者又捏一把，忽地開口，叫聲：「晚輩小仙，且休拜祝。我等自蟠桃會上來的，不會帶得金丹聖水，待改日再來垂賜。」那些大小道士聽見說出話來，一個個抖衣而戰道：「爺爺呀！活天尊臨凡，是必莫放，好歹求個長生的法兒！」鹿力大仙上前，又拜。

沙僧捏着行者，默默地道：「哥呀，要得緊，又來禱告了。」行者道：「與他些罷。」八戒寂寂道：「哪裏有得？」行者道：「你只看着我；我有時，你們也都有了。」那道士吹打已完，行者道：「既如此，取器皿來。」那道士一齊頓首謝恩。虎力大仙愛強，就抬一口大缸，放在殿上；鹿力大仙端一砂盆安在供桌之上；羊力大仙把花瓶摘了花，移在中間。行者道：「你們都出殿前，掩上格子，不可洩了天機，好留與你些聖水。」眾道一齊跪伏丹墀之下，掩了殿門。那行者立將起來，掀着虎皮裙，撒了一花瓶臊溺。豬八戒見了，歡喜道：「哥啊，我和你做這幾年兄弟，只這些兒不曾弄過。我才吃了些東西，倒要幹這個事兒哩。"那呆子揭衣服，唿喇喇的溺了一砂盆。沙和尚也撒了半缸。依舊整衣端坐在上道："小仙領聖水。"

那些道士，推開格子，磕頭禮拜謝恩，抬出缸去，將那瓶盆總歸一處教："徒弟，取個鍾子來嘗嘗。"小道士即便拿了一個茶鍾，遞與老道士。道士舀出一鍾來，喝下口去，只情抹唇咂嘴。鹿力大仙道："師兄好吃麼？"老道士努着嘴道："不甚好吃，有些餿醨之味。"羊力大仙道："等我嘗嘗。"也喝了一口，道："有些豬溺臊氣。"行者坐在上面，聽見說出這話兒來，已此識破了，道："我弄個手段，索性留個名罷。"大叫道："哪裏是甚麼聖水，你們吃的都是我一溺之尿！"那道士聞得此言，攔住門，一齊動叉鈀、瓦塊、石頭，沒頭沒臉，往裏面亂打。好行者，左手挾了沙僧，右手挾了八戒，闖出門，駕着雲光，徑轉智淵寺方丈。不敢驚動師父，三人又復睡下。早是五鼓三點。此時唐三藏醒來，叫："徒弟，徒弟，伏侍我倒換關文去來。"行者與沙僧、八戒急起身，穿了衣服，侍立左右道："上告師父。這國君信着那些道士，興道滅僧，恐言語差錯，不肯倒換關文；我等護持師父，都進朝去也。"

唐僧大喜，披了錦襴袈裟。行者帶了通關文牒，教悟淨捧着鉢盂，悟能拿了錫杖；將行囊、馬匹，交與智淵寺僧看守。徑到五鳳樓前，對黃門官作禮，報了姓名。言是來倒換關文，煩為轉奏。那閤門大使，進朝奏曰：“外面有四個和尚，說是東土大唐取經的，欲來倒換關文，現在五鳳樓前候旨。”國王聞奏道：“這和尚沒處尋死！那巡捕官員，怎麼不拿他解來？”旁邊閃過當駕的太師，啟奏道：“東土大唐，號曰中華大國。到此有萬里之遙，路多妖怪。這和尚一定有些法力，方敢西來。望陛下暫且召來驗牒放行，庶不失善緣之意。”國王准奏，把唐僧等宣至金鑾殿下。師徒們排列階前，捧關文遞與國王。

　　國王展開方看，又見黃門官來奏：“三位國師來也。”慌得國王收了關文，急下龍座，躬身迎接。三藏等回頭觀看，見那大仙，搖搖擺擺，後帶着一雙丫髻蓬頭的小童兒，往裏直進。上了金鑾殿，對國王徑不行禮。那國王道：“國師，朕未曾奉請，今日如何肯降？”老道士云：“有一事奉告，故來也。那四個和尚是哪國來的？”國王道：“是東土大唐差去西天取經的，來此倒換關文。”那三道士鼓掌大笑道：“我說他走了，原來還在這裏！”國王驚道：“國師有此問，想是他冒犯尊顏，有得罪處也？”道士笑云：“陛下不知。他們昨日來的，在東門外打殺了我兩個徒弟，放了五百個囚僧，摔碎車輛，夜間闖進觀來，把三清聖像毀壞，偷吃了御賜供養。我等被他蒙蔽了，只道是天尊下降；求些聖水金丹，進與陛下，指望能延壽長生；不期他遺些小便，哄瞞我等。我等各喝了一口，嚐出滋味，正欲下手擒拿，他卻走了。今日還在此間，正所謂‘冤家路兒窄’也！”那國王聞言發怒，欲殺四眾。

就在此刻，又見黃門官來奏：“陛下，門外有許多鄉老聽宣。”國王即宣至殿前，有三四十名鄉老，朝上磕頭道：“萬歲，今年一春無雨，但恐夏月乾荒，特來啟奏，請哪位國師爺爺祈一場甘雨，普濟黎民。”國王道：“鄉老且退，就有雨來也。”鄉老謝恩而出。國王道：“唐朝僧眾，朕敬道滅僧為何？只因當年求雨，我朝僧人，更未嘗求得一點雨；幸天降國師，拯援塗炭。你今遠來，冒犯國師，本當即時問罪；姑且恕你，敢與我國師賭勝求雨麼？若祈得一場甘雨，朕即饒你罪名，倒換關文，放你西去。若賭不過，無雨，就將汝等推赴殺場典刑示眾。”行者笑道：“小和尚也曉得些兒求禱。”

國王見說，即命打掃壇場；一壁廂教：“擺駕，寡人親上五鳳樓觀看。”當時多官擺駕。須臾，上樓坐了。唐三藏隨着行者、沙僧、八戒，侍立樓下。那三道士陪國王坐在樓上。少時間，一員官飛馬來報：“壇場諸色皆備，請國師爺爺登壇。”

那虎力大仙，欠身拱手，辭了國王，徑下樓來。行者向前攔住道：“先生哪裏去？”大仙道：“登壇祈雨。”行者道：“你也忒自重了，更不讓我遠鄉之僧。——也罷，先生先去，必須對君前講開。”大仙道：“講甚麼？”行者道：“我與你都上壇祈雨，知雨是你的，是我的？不見是誰的功績了。那時彼此混賴，不成勾當。須講開方好行事。”大仙道：“這一上壇，只看我的令牌為號：一聲令牌響，風來；二聲響，雲起；三聲響，雷閃齊鳴；四聲響，雨至；五聲響，雲散雨收。”行者笑道：“妙啊！我僧是不曾見！請了！請了！”

大仙拽開步進前，三藏等隨後，徑到了壇門外。抬頭觀看，那裏有一座高台，約有三丈多高。台後面有許多道士，在那裏寫作文書。正中間設一架紙爐，又有幾個像生的人物，都是那執符使者，土地贊教之神。那大仙走進去，直上高台立定。旁邊有個小道士，捧了幾張黃紙書就的符字，一口寶劍，遞給大仙。大仙執着寶劍，唸聲咒語，將一道符在燭上燒了。那底下兩三個道士，拿過一個執符的像生，一道文書，亦點火焚之。那上面乒的一聲令牌響，只見那半空裏，悠悠的風色飄來。豬八戒口裏作唸道：“不好了！這道士果然有本事！令牌響了一下，果然就颳風！”行者道：“兄弟悄悄的，你們再莫與我說話，只管護持師父，等我幹事去來。”

好大聖，拔下一根毫毛，吹口仙氣，叫：“變！”就變作一個“假行者”，立在唐僧手下。他的真身，出了元神，趕到半空中，高叫：“那司風的是哪個？”慌得那風婆婆捏住布袋，巽二郎紮住口繩，上前施禮。行者道：“我保護唐朝聖僧西天取經，路過車遲國，與那妖道賭勝祈雨，你怎麼不助老孫，反助那道士？把風收了。若有一些風兒，把那道士的鬍子吹得動動，各打二十鐵棒！”風婆婆道：“不敢！不敢！”遂而沒些風氣。八戒忍不住，亂嚷道：“那先生請退！令牌已響，怎麼不見一些風兒？你下來，讓我們上去！”

那道士又執令牌，燒了符檄，撲地又打了一下，只見那空中雲霧遮滿。孫大聖又當頭叫道：“佈雲的是哪個？”慌得那推雲童子、佈霧郎君當面施禮。行者又將前事說了一遍。那雲童、霧子也收了雲霧，放出太陽星耀耀。八戒笑道：“這道士只好哄這皇帝，全沒些真實本事！令牌響了兩個，如何又不見雲生？」

那道士心中焦躁，仗寶劍，解散了頭髮，唸着咒，燒了符，再一令牌打將下去，只見那南天門裏，鄧天君領着雷公、電母到當空，迎着行者進禮。行者又將前項事說了一遍。果然雷也不鳴，電也不灼。那道士愈加着忙，又添香、燒符、唸咒、打下令牌。半空中，又有四海龍王，一齊擁至。行者又將前項事說了一遍，道：「向日有勞，未曾成功；今日之事，望為助力。」龍王道：「遵命！遵命！」行者道：「如今各位且助我一功。那道士四聲令牌已畢，卻輪到老孫上去幹事了。——但我不會發符、燒檄、打甚令牌，你列位卻要助我幹事。」

眾道：「大聖吩咐，誰敢不從！但只是得一個號令，方敢依令而行。」行者道：「我將棍子為號罷。」那雷公大驚道：「爺爺呀！我們怎吃得這棍子？」行者道：「不是打你們，但看我這棍子：往上一指，就要颶風。」那風婆婆、巽二郎沒口地答應道：「就放風！」——「棍子第二指，就要佈雲。」那推雲童子、佈霧郎君答道：「就佈雲！就佈雲！」——「棍子第三指，就要雷鳴電灼。」那雷公、電母道：「奉承！奉承！」——「棍子第四指，就要下雨。」那龍王道：「遵命！遵命！」——「棍子第五指，就要大日天晴，卻莫違誤。"

吩咐已畢，遂按下雲頭，把毫毛一抖，收上身來。那些人肉眼凡胎，哪裏曉得？行者遂在旁邊高叫道："先生請了。四聲令牌全已響畢，更沒有風雲雷雨，該讓我了。"那道士無奈，只得下了台讓他。行者急抽身到壇所，扯着唐僧："師父請上台。"唐僧道："徒弟，我卻不會祈雨。"行者道："你不會求雨，好的是會唸經。等我助你。"那長老才舉步登壇，到上面，端然坐下，默唸那《密多心經》。正坐處，忽見一官員，飛馬來問："那和尚，怎麼不打令牌，不燒符檄？"行者高聲答道："不用！不用！我們是靜功祈禱。"

行者聽得老師父經文唸盡，卻去耳朵內取出鐵棒，迎風晃了一晃，就有丈二長短，碗來粗細，將棍望空一指。那風婆婆見了，急忙扯開皮袋，巽二郎解放口繩。只聽得呼呼風響，滿城中揭瓦翻磚，揚沙走石。正是那狂風大作，孫行者又顯神通，把金箍棒鑽一鑽，望空又一指。只見昏霧朦朧，濃雲靉靆。孫行者又把金箍棒鑽一鑽，望空又一指。立時沉雷護閃，乓乓乒乒，一似那地裂山崩之勢，諕得那滿城人，戶戶焚香，家家化紙。孫行者高呼："老鄧！仔細替我看那貪贓壞法之官，忤逆不孝之子，多打死幾個示眾！"那雷越發震響起來。行者卻又把鐵棒望上一指。只見樓頭聲滴滴，窗外響瀟瀟。天上銀河瀉，街前白浪滔。

這場雨，自辰時下起，只下到午時前後。下得那車遲城，裏裏外外，水漫了街衢。那國王傳旨道："雨夠了！雨夠了！再多，又淹壞了禾苗，反為不美。"行者聞言，將金箍棒往上又一指。只見霎時間，雷收風息，雨散雲收。國王滿心歡喜，文武盡皆稱讚道："好和尚！這正是'強中更有強中手'！就是我國師求雨雖靈，若要晴，細雨兒還下半日，便不清爽；怎麼這和尚要晴就晴，頃刻間杲杲日出，萬里就無雲也？"

國王教回鑾，倒換關文，打發唐僧過去。正用御寶時，又被那三個道士上前阻住道："陛下，這場雨全非和尚之功，還是我道門之力。"國王道："他走上去，以靜功祈禱，就雨下來，怎麼又與他爭功？"虎力大仙道："我上壇發了文書，燒了符檄，擊了令牌，那龍王誰敢不來？想是別方召請，風、雲、雷、雨五司俱不在，一聞我令，隨趕而來；適遇我下他上，一時撞着這個機會，所以就雨。從根算來，還是我請的龍，下的雨，怎麼算作他的功果？"那國王昏亂，聽此言，卻又疑惑未定。

行者近前一步，合掌奏道：“陛下，如今有四海龍王，現在空中，我僧未曾發放，他還不敢遽退。那國師若能叫得龍王現身，就算他的功勞。”國王大喜道：“寡人做了二十三年皇帝，更不曾看見活龍是甚麼模樣。你兩家各顯法力，不論僧道，但叫得來的，就是有功；叫不出的，有罪。”那道士怎麼有那樣本事？就叫，那龍王見大聖在此，也不敢出頭。道士云：“我輩不能，你是叫來。”

那大聖仰面朝空，厲聲高叫：“敖廣何在？弟兄們都現原身來看！”那龍王聽喚，即忙現了本身。四條龍，在半空中度霧穿雲，飛舞向金鑾殿上。那國王在殿上焚香，眾公卿在階前禮拜。國王道：“有勞貴體降臨，請回。寡人改日醮謝。”行者道：“列位眾神各自歸去，這國王改日醮謝。”那龍王徑自歸海，眾神各各回天。

第十一回

外道弄強欺正法
心猿顯聖滅諸邪

那國王見孫行者有呼龍使聖之法，即將關文用了寶印，便要遞與唐僧，放行西路。那三個道士，慌得拜倒在金鑾殿上啟奏："陛下，我等至此，匡扶社稷，保國安民，苦歷二十年來，今日這和尚弄法力，敗了我們聲名。陛下以一場之雨，就恕殺人之罪，可不輕了我等也？讓我兄弟與他再賭一賭，看是何如。"那國王着實昏亂，收了關文，道："國師，你怎麼與他賭？"虎力大仙道："我與他賭坐禪。"國王道："國師差矣。那和尚乃禪教出身，必然先會禪機，才敢奉旨求經；你怎與他賭此？"大仙道："我這坐禪，比常不同，叫作'雲梯顯聖'。要一百張桌子，五十張作一禪台，一張一張疊將起去，不許手攀而上，亦不用梯凳而登，各駕一朵雲頭，上台坐下，約定幾個時辰不動。”

國王見此有些難處，就便傳旨問道：“那和尚，我國師要與你賭‘雲梯顯聖’坐禪，那個會麼？”行者聞言，沉吟不答。八戒道：“哥哥，怎麼不言語？”行者道：“兄弟，實不瞞你說。我哪裏有這坐性？你就把我鎖在鐵柱子上，我也要上下爬踏，莫想坐得住。”三藏忽地開言道：“我會坐禪。”行者歡喜道：“卻好！卻好！可坐得多少時？”三藏道：“我定性存神，可坐二三個年頭。”行者道：“師父若坐二三年，我們就不取經罷；多也不上二三個時辰，就下來了。”三藏道：“徒弟呀，卻是不能上去。”行者道：“你上前答應，我送你上去。”那長老果然合掌當胸道：“貧僧會坐禪。”國王教傳旨，立禪台。不消半個時辰，就設起兩座台，在金鑾殿左右。

那虎力大仙下殿，立於階心，將身一縱，踏一朵席雲，徑上西邊台上坐下。行者拔一根毫毛，變作假像，立於下面，他卻作五色祥雲，把唐僧撮起空中，徑至東邊台上坐下。他又斂祥光，變作一個蟭蟟蟲，飛在八戒耳朵邊道：“兄弟，仔細看着師父，再莫與老孫替身說話。”那呆子笑道：“理會得！理會得！”

卻說那鹿力大仙在繡墩上坐看多時，他兩個在高台上，不分勝負，這道士就助他師兄一功：將腦後短髮，拔了一根，捻作一團，彈將上去，徑至唐僧頭上，變作一個大臭蟲，咬住長老。那長老一時間疼痛難禁，他縮着頭，就着衣襟擦癢。八戒道：「不好了！師父羊兒風發了。」行者聽見道：「我師父乃志誠君子，他說會坐禪，斷然會坐；你休言，等我上去看看。」好行者，嚶的一聲，飛在唐僧頭上，只見有豆粒大小一個臭蟲叮他師父。慌忙用手捻下，替師父撓撓摸摸。那長老不疼不癢，端坐上面。行者暗想道：「和尚頭光，蝨子也安不得一個，如何有此臭蟲？……想是那道士弄的玄虛，害我師父。——哈哈！等老孫去弄他一弄！」這行者飛將上去，搖身一變，變作一條七寸長的娛蚣，徑來道士鼻凹裏叮了一下。那道士坐不穩，一個筋斗，翻將下去，幾乎喪了性命；幸虧大小官員人多救起。行者仍駕祥雲，將師父馱下階前，已是長老得勝。

那國王只教放行。虎力大仙道：「陛下，棋逢對手，將遇良材。貧道將終南山幼時學的武藝，索性再與他賭一賭。」國王道：「有甚麼武藝？」虎力道：「弟兄三個，都有些神通。會砍下頭來，又能安上；剖腹剜心，還再長完；

滾油鍋裏，又能洗澡。”國王大驚道：“此三事都是尋死之路！”虎力道：“我等有此法力，才敢出此朗言，斷要與他賭個才休。”那國王叫道：“東土的和尚，我國師不肯放你，還要與你賭砍頭剖腹，下滾油鍋洗澡哩。”

行者正變作蟭蟟蟲，往來報事。忽聽此言，即收了毫毛，現出本相，哈哈大笑道：“造化！造化！買賣上門了！”上前道：“陛下，小和尚會砍頭。”國王道：“你怎麼會砍頭？”行者道：“我當年在寺裏修行，曾遇着一個方上禪和子，教我一個砍頭法，不知好也不好，如今且試試新。”國王笑道：“那和尚年幼不知事。頭乃六陽之首，砍下即便死矣。”虎力道：“陛下，正要他如此，方才出得我們之氣。”那昏君即傳旨，教設殺場。

一聲傳旨，即有羽林軍三千，擺列朝門之外。國王教：“和尚先去砍頭。”行者欣然應道：“我先去！我先去！”拱着手，高呼道：“國師，恕大膽，佔先了。”拽回頭，往外就走。唐僧一把扯住道：“徒弟呀，仔細些。那裏不是耍處。”行者道：“怕他怎的！撒了手，等我去來。”

那大聖徑至殺場裏面，被劊子手摳住了，捆作一團，按在那土墩高處，只聽喊一聲：“開刀！”颼的把個頭砍將下來。又被劊子手一腳踢了去，好似滾西瓜一般，滾有三四十步遠近。行者腔子中更不出血。只聽得肚裏叫聲："頭來！"慌得鹿力大仙見有這般手段，即唸咒語，教本坊土地神祇："將人頭扯住，待我贏了和尚，奏了國王，與你把小祠堂蓋作大廟宇，泥塑像改作正金身。"那些土地神服他使喚，暗中把行者頭按住了。行者又叫聲："頭來！"那頭一似生根，莫想得動。行者心焦，捏着拳，掙了一掙，將捆的繩子就皆掙斷，喝聲："長！"颼的腔子內長出一個頭來。諕得那劊子手，羽林軍，人人膽戰。那監斬官急走入朝奏道："萬歲，那小和尚砍了頭，又長出一顆來了。"八戒冷笑道："沙僧，哪知哥哥還有這般手段。他有七十二般變化，就有七十二個頭哩。"

　　話未說完，行者走來，叫聲："師父。"三藏大喜道："徒弟，辛苦麼？"行者道："不辛苦，倒好玩耍。"兄弟們正都歡喜，又聽得國王叫領關文："赦你無罪。快去！快去！"行者道："關文雖領，必須國師也赴曹砍砍頭，也當試新去來。"國王道："大國師，那和尚也不肯放你哩。"虎力也只得去，被幾個劊子手，也捆翻在地，晃一晃，把頭砍下，一腳也踢將去，滾了有三十餘步，他腔子裏也不出血，也叫一聲："頭來！"行者即忙拔下一根毫毛，吹口仙氣：“變！”變作一條黃犬，跑入場中，把那道士頭，一口銜來，徑跑到御水河邊丟下。那道士連叫三聲，人頭長不出來，腔子中，咕嘟嘟紅光迸出。可憐空有喚雨呼風法，怎比長生果正仙？須臾，倒在塵埃。眾人觀看，乃是一隻無頭的黃毛虎。

鹿力起身道：“我師兄已是命倒祿絕了，如何是隻黃虎！這都是那和尚使的掩樣法兒，將我師兄變作畜類！我今定不饒他，定要與他賭那剖腹剜心！”國王聽說，方才定性回神，又叫：“小和尚，二國師還要與你賭哩。”行者道：“小和尚前日從西來，忽遇齋公家勸飯，多吃了幾個饝饝；這幾日腹中作痛，想是生蟲，正欲借陛下之刀，剖開肚皮，拿出臟腑，洗淨脾胃，方好上西天見佛。”國王聽說，教：“拿他赴曹。”那許多人攙的攙，扯的扯。行者掙脫手道：“不用人攙，自家走去。——但一件，不許縛手，我好用手洗刷臟腑。”國王傳旨，教：“莫綁他手。”

行者搖搖擺擺，徑至殺場。將身靠大椿，解開衣帶，露出肚腹。那劊子手將一條繩套在他膊項上，一條繩紮住他腿足，把一口牛耳短刀，晃一晃，着肚皮下一割，搠個窟窿。這行者雙手爬開肚腹，拿出腸臟來，一條條理夠多時，依然安在裏面。捻着肚皮，吹口仙氣，叫："長！"依然長合。國王大驚，將他那關文捧在手中道："聖僧莫誤西行，與你關文去罷。"行者笑道："關文事小，也請二國師剖剖剜剜，何如？"國王對鹿力説："是你要與他做對頭的。請去，請去。"鹿力道："寬心，料我決不輸與他。"

你看他也像孫大聖，搖搖擺擺，徑入殺場，被劊子手套上繩，將牛耳短刀，嗖喇的一聲，割開肚腹，他也拿出肝腸，用手理弄。行者即拔一根毫毛，吹口仙氣，叫："變！"即變作一隻餓鷹，展開翅爪，把他五臟心肝，盡情抓去，不知飛向何方受用。這道士弄作一個空腔破肚淋漓鬼，那劊子手蹬倒大椿，拖屍來看。呀！原來是一隻白毛角鹿！

那羊力大仙又奏道："我師兄既死，如何得現獸形？這都是那和尚弄術法坐害我等。等我與師兄報仇者。"國王道："你有甚麼法力贏他？"羊力道："我與他賭下滾油鍋洗澡。"國王便教取一口大鍋，滿着香油，教他兩個賭去。行者道："多承下顧。小和尚一向不曾洗澡，這兩日皮膚燥癢，好歹盪盪去。"

那當駕官果安下油鍋，架起乾柴烈火，將油燒滾，教和尚先下去。行者又上前道："恕大膽，屢次佔先了。"
你看他脫了布直裰，褪了虎皮裙，將身一縱，跳在鍋內，
翻波鬥浪，就似負水一樣玩耍。八戒見了，咬着指頭，對
沙僧道："我們也錯看了這猴子了！平時間劖言訕語，聞
他耍子，怎知他有這般真實本事！"他兩個唧唧噥噥，誇
獎不盡。行者望見，心疑道："那呆子笑我哩！正是'巧
者多勞拙者閒'。老孫這般舞弄，他倒自在。等我作成他
捆一繩，看他可怕。"正洗浴，打個水花，淬在油鍋底上，
變作個棗核釘兒，再也不起來了。那監斬官近前又奏："萬
歲，小和尚被滾油烹死了。"國王大喜，教撈上骨骸來看。
劊子手將一把鐵笊籬，在油鍋裏撈，原來那笊籬眼稀，行
者變得釘小，往往來來，從眼孔漏下去了，哪裏撈得着！
又奏道："和尚身微骨嫩，俱炸化了。"

　　國王叫："拿三個和尚下去！"兩邊校尉，見八戒面
兇，先揪翻，拉在鍋邊。那呆子氣呼呼地道："闖禍的潑
猴子，無知的弼馬溫！該死的潑猴子，油烹的弼馬溫！"
孫行者在油鍋底上，聽得那呆子亂罵，忍不住現了本相。
赤淋淋的，站在油鍋底道："你罵哪個哩！"唐僧見了道：
"徒弟，誒殺我也！"慌得那兩班文武，上前來奏道："萬
歲，那和尚不曾死，又在油鍋裏鑽出來了。"監斬官恐怕

虛誆朝廷，卻又奏道："死是死了，只是日期犯凶，小和尚來顯魂哩。"

行者聞言大怒，跳出鍋來，揩了油膩，穿上衣服，掣出棒，攔過監斬官，着頭一下，打作了肉團，道："我顯甚麼魂哩！"諕得多官連忙放了八戒，跪地哀告："恕罪！恕罪！"國王走下龍座。行者上殿扯住道："陛下不要走，且教你三國師也下油鍋去。"那皇帝戰戰兢兢道："三國師，你救朕之命，快下鍋去，莫教和尚打我。"羊力下殿，照依行者脫了衣服，跳下油鍋，也那般支吾洗浴。

行者放了國王，近油鍋邊，叫燒火的添柴，卻伸手探了一把。呀！那滾油都冰冷。心中暗想道："我洗時滾熱，他洗時卻冷。我曉得了，這不知是哪個龍王，在此護持他哩。"急縱身跳在空中，唸聲咒語，把那北海龍王喚來："你這個有鱗的泥鰍！怎麼助道士，冷龍護住鍋底，教他顯聖贏我！"諕得那龍王喏喏連聲道："敖順不敢相助。大聖原來不知。這個孽畜，苦修行了一場，卻只是五雷法真受，其餘都躐了傍門，難歸仙道。這個是他在小茅山學來的'大開剝'，是他自己煉的冷龍，只好哄瞞世俗之人耍子，怎瞞得大聖！小龍如今收了他冷龍，管教他骨碎皮焦。"行者道："趁早收了，免打！"那龍王化一陣狂風，到油鍋邊，將冷龍捉下海去。

　　行者下來，與三藏、八戒、沙僧立在殿前，見那道士在滾油鍋裏打掙，爬不出來。滑了一跤，霎時間骨脫皮焦肉爛。監斬官又來奏道："萬歲，三國師煠化了也。"那國王滿眼垂淚，手撲着御案，放聲大哭。行者上前高呼道："你怎麼這等昏亂！見放着那道士的屍骸，一個是虎，一個是鹿，那羊力是一個羚羊。不信時，撈上骨頭來看。哪裏人有那樣骷髏？他本是成精的山獸，同心到此害你。因見氣數還旺，不敢下手。若再過二年，你氣數衰敗，他就害了你性命，把你江山一股兒盡屬他了。幸我等早來，除妖邪救了你命。你還哭甚！哭甚！急打發關文，送我出去。"國王聞此，方才省悟，感激不盡，設宴酬謝，親送唐僧師徒出城去。

第十二回

法性西來逢女國
大聖定計脫煙花

話說三藏師徒依路西進，不上三四十里，早到西梁國界。唐僧在馬上指道：“悟空，前面城池相近，市井上人語喧嘩，想是西梁女國。汝等須要謹慎規矩，切休放蕩情懷，紊亂法門教旨。”三人聞言，謹遵嚴命。

言未盡，卻至東關廂街口。那裏人都是長裙短襖，粉面油頭，盡是婦女。正在兩街上做買做賣，忽見他四眾來時，一齊都鼓掌呵呵道：“人種來了！人種來了！”慌得那三藏勒馬難行。八戒口裏亂嚷道：“我是個銷豬！我是個銷豬！”又把頭搖上兩搖，豎起一雙蒲扇耳，發一聲喊，把那些婦女們諕得跌跌爬爬，皆恐懼不敢上前。一個個搖頭咬指，戰戰兢兢，排塞街傍路下，都看唐僧。孫大聖卻也弄出醜相開路，沙僧也裝夔虎維持。一行前進，又見那市井上房屋整齊，舖面軒昂，一般有賣鹽賣米，酒肆茶房；師徒們轉彎抹角，忽見有一女官侍立街下，高聲叫道：「遠來的使客，不可擅入城門。請投館驛註名上簿，待下官執名奏駕，驗引放行。」三藏聞言下馬，觀看那衙門上有一匾，上書「迎陽驛」三字。遂上前與那女官作禮。

女官引路，請他們都進驛內，正廳坐下，即喚看茶。又見那手下人盡是三綹梳頭，兩截穿衣之類。少頃，茶罷。女官欠身問曰：「使客何來？」行者道：「我等乃東土大唐王駕下欽差上西天拜佛求經者。我師父便是唐王御弟，號曰唐三藏。我乃他大徒弟孫悟空。這兩個是我師弟：豬悟能、沙悟淨。一行連馬五口。隨身有通關文牒，乞為照驗放行。」那女官執筆寫罷，下來道：「爺爺們寬坐一時，待下官進城啟奏我王，倒換關文，打發領給，送老爺們西進。」三藏欣然而坐。

且說那驛丞整了衣冠，徑入城五鳳樓前，對黃門官道：「我是迎陽館驛丞，有事見駕。」黃門即時啟奏。降旨傳宣至殿問曰：「驛丞有何事來奏？」驛丞道：「微臣接得東土大唐王御弟唐三藏，欲上西天拜佛取經。特來啟奏主公，可許他倒換關文放行？」女王聞奏，滿心歡喜，對眾文武道：“我國中自混沌開闢之時，累代帝王，不曾見過男人至此。今唐王御弟下降，想是天賜來的。寡人願招御弟為王，我願為后，與他陰陽配合，生子生孫，永傳帝業。”眾女官拜舞稱揚，無不歡悅。驛丞道：“御弟相貌堂堂，丰姿英俊，誠是天朝上國之男兒，那三徒卻是形容獰惡，相貌如精。”女王道：“既如此，與他徒弟倒換關文，打發他往西天，只留下御弟，有何不可？”眾官拜奏道：“臣等欽此欽遵。但只是匹配之事，無媒不可。”女王道：“依卿所奏，就着當駕太師作媒，迎陽驛丞主婚，先到驛中與御弟求親。待他許可，寡人卻擺駕出城迎接。”那太師、驛丞，領旨出朝。

卻說三藏師徒們在驛廳上正享齋飯，只見外面人報：“當駕太師與我們本官老姆來了。”三藏道：“太師來卻是何意？”行者道：“不是相請，就是說親。”三藏道：“悟空，假如不放，強逼成親，卻怎麼是好？”行者道：“師父只管允她，老孫自有處治。”說不了，二女官早至，對長老下拜。長老一一還禮。那太師見長老相貌軒昂，心中暗喜。二官拜畢起來，侍立左右道：“御弟爺爺，萬千之喜了！”三藏道：“我出家人，喜從何來？”太師躬身道：“此處乃西梁女國，國中自來沒個男子。今幸御弟爺爺降臨，臣奉我王旨意，特來求親。”三藏道：“善哉！善哉！我貧僧隻身來到貴地，又無兒女相隨，不知大人求的是哪個親事？”驛丞道：“下官才進朝啟奏，我王十分歡喜，知御弟乃中華上國男兒，願招贅御弟爺爺為夫，傳旨着太師作媒，下官主婚，故此特來求這親事也。”三藏聞言，低頭不語。太師道：“大丈夫遇時，不可錯過。似此招贅之事，世上實稀。請御弟速允，庶好回奏。”長老越加痴啞。

八戒在旁掬着碓挺嘴，叫道：“太師，你去上覆國王：我師父乃久修得道的羅漢，決不愛你傾國之容；快些兒倒換關文，打發他往西去。”行者道：“呆子，勿得胡談，任師父尊意。”三藏道：“悟空，憑你怎麼說好。”行者道：“依老孫說，你在這裏也好。自古道，‘千里姻緣似線牽’哩。哪裏再有這般相應處？”三藏道：“徒弟，我們在這裏貪圖富貴，誰去西天取經？卻不望壞了我大唐之帝主也？”太師道：“御弟在上，我王旨意，原只救求御弟為親，教你三位徒弟赴了會親筵宴，發付領給，倒換關文，往西天取經去哩。”行者道：“太師說得有理。我等願留下師父，與你主為夫。快換關文，打發我們西去。”那太師與驛丞對行者作禮道：“多謝老師玉成之恩！”八戒道：

"太師，既然我們許諾，且教你主先安排一席，與我們吃鍾肯酒，如何？"太師道："有，有，有；就教擺設筵宴來也。"那驛丞與太師，歡天喜地，回奏女主。

卻說唐長老一把扯住行者，罵道："你這猴頭，弄殺我也！怎麼教我在此招婚，你們西天拜佛，我就死也不敢如此！"行者道："師父放心。老孫豈不知你性情，但只是到此地，不得不將計就計。"三藏道："怎麼叫作將計就計？"行者道："今日准了親事，她一定以皇帝禮，擺駕出城接你；你就坐她鳳輦龍車，登寶殿，問女王取出御寶印信來，宣我們兄弟進朝，把通關文牒用了印，再請女王僉押了交付與我們。一壁廂教擺筵宴，待筵宴已畢，再叫排駕，只說送我們三人出城，回來與女王配合。待送出城外，你下了龍車鳳輦，教沙僧伏侍你上白馬，老孫卻使個定身法兒，教她君臣人等皆不能動，我們順大路只管西行。行得一晝夜，我卻唸個咒，解了術法，還教她君臣們甦醒回城。這叫作‘假親脫網’之計。豈非一舉兩全之美也？"三藏聞言，似夢初覺，稱謝不盡，道："深感賢徒高見。"

卻說那太師與驛丞，不等宣詔，直入朝門白玉階前，奏道："臣等到驛，即備言求親之事。御弟還有推託之辭，幸虧他大徒弟慨然見允，願留他師父與我王為夫，只教先倒換關文，打發他三人西去。"女王笑道："御弟再有何說？"太師奏道："御弟不言，願配我主；只是他那二徒弟，先要吃席肯酒。"女王聞言，即傳旨，教光祿寺排宴。一壁廂排大駕，出城迎接夫君。眾女官即欽遵王命，打掃宮殿，鋪設庭台。

不多時，大駕出城，早到迎陽館驛。忽有人報三藏師徒道："駕到了。"三藏聞言，即與三徒，整衣出廳迎駕。女王捲簾下輦道："哪一位是唐朝御弟？"太師指道："那驛門外香案前穿襴衣者便是。"女王閃鳳目，簇蛾眉，仔細觀看，果然一表非凡。看到心歡意美，呼道："大唐御弟，還不來佔鳳乘鸞也？"三藏聞言，耳紅面赤，羞答答不敢抬頭。豬八戒在旁，掬着嘴，餳眼觀看那女王，卻也裊娜。忍不住口嘴流涎，一時間骨軟筋麻。

那女王走近前來，一把扯住三藏，俏語嬌聲，叫道："御弟哥哥，請上龍車，和我同上金鑾寶殿，匹配夫婦去來。"這長老戰兢兢立站不住，行者在側教道："師父不必太謙，請共師娘上輦。快快倒換關文，等我們取經去罷。"三藏沒及奈何，只得依從。強整歡容，移指近前，與女王同攜素手，共坐龍車。那些文武官，見主公與長老並肩而坐，一個個眉花眼笑，撥轉儀從，復入城中。

太師啟奏："請赴東閣會宴。今宵吉日良辰，就可與御弟爺爺成親。明日天開黃道，請御弟爺爺登寶殿，改年號即位。"女王大喜，即與長老攜手相攙，下了龍車，共入端門。既至東閣之下，又聞得一派笙歌聲韻美，正中堂排設兩般盛宴；左邊上首是素筵，右邊上首是葷筵。下兩路盡是單席。那女王斂袍袖，奉着玉杯，便來安席。行者又與唐僧丟個眼色，教師父回禮。三藏下來，卻也擎玉杯，與女王安席。那些文武官，朝上拜謝了皇恩，各依品從，分坐兩邊，才住了音樂請酒。那八戒哪管好歹，放開肚子，只情吃起。也不管甚麼玉屑米飯、蒸餅、糖糕、蘑菇、香蕈、筍芽、黃精，一骨辣[1]嚨了個罄盡。喝了五七杯酒，口裏嚷道："看添換來！拿大觥來！再吃幾觥，各人幹事去。"女王聞說，即命取大杯來。近侍官連忙取幾個鸚鵡杯、蓬萊碗，滿斟玉液，連注瓊漿。果然都各飲一巡。

三藏欠身而起，對女王合掌道："陛下，多蒙盛設，酒已夠了。請登寶殿，倒換關文，趁天早，送他三人出城罷。"女王依言，請唐僧坐了，叫徒弟們拿上通關文牒來。大聖便教沙僧解開包袱，取出關文。雙手捧上。那女王細看一番，即令取墨筆來，濃磨香翰，飽潤香毫，牒文之後，寫上孫悟空、豬悟能、沙悟淨三人名諱，卻才取出御印，端端正正印了；傳將下去。孫大聖接了，教沙僧包裹停當。

那女王又賜出碎金散銀一盤，下龍床遞與行者道："你三人將此為路費，早上西天；待汝等取經回來，寡人還有重謝。"行者道："我們出家人，不受金銀，途中自有乞化之處。"女王見他不受，教："取御米三升，在路權為一飯。"八戒聽説個"飯"字，便就接了，捎在包袱之間。行者道："兄弟，行李現今沉重，且倒有氣力挑米？"八戒笑道："你哪裏知道，米好的是個日消貨。只消一頓飯，就了帳也。"遂此合掌謝恩。三藏道："敢煩陛下相同貧僧送他三人出城，待我囑咐他們幾句，教他好生西去，我卻回來，與陛下永受榮華。"女王便傳旨擺駕，與三藏並倚香肌，同登鳳輦，出西城而去。不多時，大駕出城，到西關之外。

行者、八戒、沙僧，結束整齊，徑迎着鑾輿，厲聲高叫道："那女王不必遠送，我等就此拜別。"長老慢下龍車，對女王拱手道："陛下請回，讓貧僧取經去也。"女王聞言，大驚失色，扯住唐僧道："御弟哥哥，我願將一國之富，招你為夫，明日高登寶位，即位稱君，如何卻又變卦？"八戒聽說，闖至駕前，嚷道："我們和尚家和你這粉骷髏做甚夫妻！放我師父走路！"那女王見他那等撒潑弄醜，諕得魂飛魄散，跌入輦駕之中。沙僧卻把三藏搶入人叢，伏侍上馬。只見那路邊閃出一個女子，喝道："唐御弟，哪裏走！我和你耍風月兒去來！"沙僧罵道："賊輩無知！"掣寶杖劈頭就打。那女子弄陣旋風，嗚的一聲，把唐僧攝將去了，無影無蹤，不知下落何處。

注 釋

1 一骨辣——一股腦兒。

第十三回

色邪淫戲唐三藏
性正修持不壞身

卻說孫大聖和豬八戒正要使法定那些婦女，忽聞得風響處，沙僧嚷道："一個女子，弄陣旋風，把師父攝去也。"行者聞言，唿哨跳在雲端裏，四下裏觀看。只見一陣灰塵，風滾滾，往西北上去了。八戒與沙僧亦把行囊捎在馬上，響一聲，都跳在半空裏去。慌得那西梁國君臣女輩，跪在塵埃，都道："唐御弟是個有道的禪僧，我們都有眼無珠，錯認了中華男子，枉費了這場神思。請主公上輦回朝也。"女王自覺慚愧，多官都一齊回國。

卻說孫大聖兄弟三人騰空踏霧，至一座高山，只見風頭散了，更不知妖向何方。兄弟們按落雲霧，找路尋訪，忽見一壁廂，青石光明，似個屏風模樣。三人牽着馬轉過石屏，後有兩扇石門，門上有六個大字：「毒敵山琵琶洞」。行者道：「你兩個且牽了馬，還轉石屏前立等片時，待老孫進去打聽打聽，察個虛實，卻好行事。」沙僧說道：「好！好！」他二人牽馬回頭。

孫中聖捻着訣，唸個咒語，搖身一變，變作蜜蜂兒，自門瑕處鑽將進去，飛過二層門裏，只見正當中花亭子上端坐着一個女妖，左右列幾個丫髻的女童，都歡天喜地，正不知講論甚麼。這行者輕輕地飛上去，釘在那花亭格子上，側耳才聽，又見兩個總角蓬頭女子，捧兩盤熱騰騰的麵食，上亭來道：「奶奶，一盤是人肉餡的葷饃饃，一盤是鄧沙餡的素饃饃。」那女怪笑道：「小的們，攙出唐御弟來。」幾個彩衣繡服的女童，走向後房，把唐僧扶出。那師父面黃唇白，眼紅淚滴。行者在暗中嗟嘆道：「師父中毒了！」忍不住，現了本相，掣鐵棒喝道：「孽畜無禮！」那女怪見了，口噴一道煙光，把花亭子罩住，教：「小的們，收了御弟！」她卻拿一柄三股鋼叉，跳出亭門，罵道：「潑猴憊賴！怎麼敢私入吾家，不要走！吃老娘一叉！」這大聖使鐵棒架住，且戰且退。

二人打出洞外。那八戒、沙僧，正在石屏前等候，忽見他兩個爭持，慌得八戒雙手舉鈀，趕上前叫道：「師兄靠後，讓我打這潑賤！」那怪見八戒來，又使個手段，呼了一聲，鼻中出火，口內生煙，把身子抖了一抖，三個戰鬥多時，不分勝負。那女怪將身一縱，使出個倒馬毒椿，不覺的把大聖頭皮上扎了一下。行者叫聲：「苦啊！」忍耐不得，負痛敗陣而走。八戒見事不諧，拖着鈀徹身而退。

行者抱頭，皺眉苦面，叫聲：「厲害！厲害！」八戒笑道：「說你的頭是修煉過的。卻怎麼不禁這一下扎？」行者道：「正是。我這頭，自從修煉成真，盜食了蟠桃仙酒，及老子把我安在八卦爐，煅煉四十九日，俱未傷損。今日不知這婦人用的是甚麼兵器，把老孫頭弄傷也！」沙僧道：「二哥，如今天色晚矣，大哥傷了頭，師父又不知死活，怎的是好！」行者哼道：「師父仍沒事。」八戒道：「且去她門上索戰，嚷嚷鬧鬧，攪她個不睡，莫教她作弄了我師父。」行者道：「頭疼，去不得！」沙僧道：「不須索戰。且就在山坡下，閉風處，坐這一夜，養養精神，待天明再作理會。」遂此，三個兄弟，拴牢白馬，守護行囊，就在坡下安歇。

卻說那女怪放下兇惡之心，重整歡愉之色，叫：「小的們，把前後門都關緊了。」又教：「女童，將臥房收拾整齊，掌燭焚香，請唐御弟來，我與他交歡。」遂把長老從後邊攙出。那女妖弄出十分嬌媚之態，攜定唐僧道：
"常言'黃金未為貴，安樂值錢多'。且和你做會夫妻兒，
耍子去也。"這長老恐她生心害命，只得戰兢兢，跟着她
步入香房；卻如痴如啞，哪裏抬頭舉目，不曾看她房裏是
甚牀鋪幔帳，也不知有甚箱籠梳妝。那女怪説出的雨意雲
情，亦漠然無聽。他兩個散言碎語的，直鬥到更深，唐長
老全不動念。那女怪扯扯拉拉的不放，這師父只是老老成
成的不肯。直纏到半夜時候，把那怪弄得惱了，便教小的
拖在房廊下去，卻吹滅銀燈，各歸寢處。一夜無詞。

　　不覺的雞聲三唱。那山坡下孫大聖欠身道："我這頭
如今不痛不麻，只是有些作癢。"沙僧道："天亮了，快
趕早兒捉妖怪去。"行者道："兄弟，你只管在此守馬，
休得動身。豬八戒跟我去。"那呆子抖擻精神，束一束皂
錦直裰，相隨行者，各帶了兵器，跳上山崖，徑至石屏之
下。行者道："你且立住。先等我進去打聽打聽。若師父
不亂性情，禪心未動，卻好努力相持，打死精怪，救師
西去。"

　　好大聖，轉石屏，別了八戒。搖身還變得蜜蜂兒，飛
入門裏。見那門裏有兩個丫鬟，頭枕着梆鈴，正然睡哩。
卻到花亭裏觀看，那妖精原來弄了半夜，都辛苦了，還睡

着哩。行者飛來後面，只聽見唐僧聲喚。忽抬頭，見那房廊下四馬攢蹄捆着師父。行者輕輕地釘在唐僧頭上，叫："師父。"唐僧認得聲音，道："悟空來了？快救我命！"行者道："昨日我見她有相憐相愛之意，卻怎麼今日把你這般挫折？"三藏道："她把我纏了半夜，我衣不解帶，身未沾牀。她見我不肯相從，才捆我在此。"他師徒正然問答，早驚醒了那個妖精。她就滾下牀來，厲聲高叫道："好夫妻不做，取甚麼經去？"行者慌了，撇卻師父，急展翅，飛將出去，現了本相，叫聲："八戒。"那呆子轉過石屏道："那話兒成了否？"行者道："師父只説衣不解帶，身未沾牀。"八戒笑道："好！好！好！還是個真和尚！我們救他去！"呆子不容分説，舉釘鈀，望她那石頭門上儘力氣一鈀，唿喇喇築作幾塊。諕得那幾個枕梆鈴睡的丫鬟，跑進去報道："奶奶，昨日那兩個醜男子又來把前門打碎。"那怪聞言，即忙叫："把御弟抬在後房收了。等我打他去！"好妖精，走出來，舉着三股叉，罵道："潑猴！野彘！你怎敢打破我門！"八戒罵道："濫淫賤貨！我師父是你哄將來做老公的，快快送出饒你！"那妖精哪容分説，抖擻身軀，依前弄法，鼻口內噴煙冒火，舉鋼叉就刺八戒。八戒側身躲過，着鈀就築。孫大聖使鐵棒並力相幫。那怪又弄神通，也不知是幾隻手，左右遮攔。交鋒三五個回合，不知是甚兵器，把豬八戒嘴唇上，也又扎了一下。那呆子拖着鈀，捂着嘴，負痛逃生。行者也虛丟一棒，敗陣而走。那怪得勝而回，叫小的們搬石塊壘疊了前門。

卻說那沙和尚正在坡前放馬，忽抬頭，見八戒捂着嘴，哼道："難忍難忍！疼得緊！厲害，厲害！"三人正然難處，只見一個老媽媽兒，左手提着青竹籃兒，自南山路上挑菜而來。沙僧道："大哥，那媽媽來得近了，等我問她，看這個是甚妖精，是甚兵器，這般傷人。"行者急睜睛看，只見頭直上有祥雲蓋頂，左右有香霧籠身。即叫道："兄弟們，還不來叩頭！那媽媽是菩薩來也。"三人合掌跪下，叫聲："南無大慈大悲救苦救難觀世音菩薩。"

那菩薩見他們認得，即踏祥雲，起在半空，現了真像。行者趕到空中，拜告道："菩薩，我等努力救師，不知菩薩下降；今遇魔難難收，萬望菩薩搭救搭救！"菩薩道："這妖精十分厲害。她那三股叉是生成的兩隻鉗腳。扎人痛者，是尾上一個鉤子，喚作'倒馬毒'。本身是個蠍子精。她前者在雷音寺聽佛談經，如來見了，用手推她一把，她就轉過鉤子，把如來左手中拇指上扎了一下。

如來也疼難禁，即着金剛拿也。她卻在這裏。若要救得唐僧，除是別告一位方好。"行者再拜道："望菩薩指示指示，弟子即去請他也。"菩薩道："你去東天門裏光明宮告求昴日星官，方能降伏。"言罷，遂化作一道金光，徑回南海。

孫大聖才按雲頭，對八戒、沙僧道："才然菩薩指示，教我告請昴日星官。老孫去來。"八戒捂着嘴哼道："哥啊！就問星官討些止疼的藥餌來！"行者笑道："不須用藥，只似昨日疼過夜就好了。"好行者，急忙駕筋斗雲。須臾，到東天門外，見陶、張、辛、鄧四大元帥，問何往。行者道："要尋昴日星官去降妖救師。"四大帥道："星官今早奉玉帝旨意，上觀星台巡札去了。今已許久，或將回矣。大聖還先去光明宮；如未回，再去觀星台可也。"大聖遂喜，即別他們。至光明宮門首，果是無人，復抽身就走，只見那壁廂有一行兵士擺列，後面星官來了。

那星官斂雲霧整束朝衣，上前作禮道："大聖何來？"行者道："專來拜煩救師父一難。"星官道："何難？在何地方？"行者道："在西梁國毒敵山琵琶洞。"星官道："那山洞有甚妖怪？"行者道："觀音菩薩適才顯化，說是一個蠍子精。特舉先生方能治得，因此來請。"星官道：

"小神且和你去降妖精。"大聖聞言，即同出東天門，直至西梁國。望見毒敵山不遠，行者指道："此山便是。"星官按下雲頭，同行者至石屏前山坡之下。那呆子還搵着嘴道："恕罪！恕罪！有病在身，不能行禮。"星官道："你是個修行之人，何病之有？"八戒道："早間與那妖精交戰，被她着我唇上扎了一下，至今還疼哩。"星官道："你上來，我與你醫治醫治。"那星官用手把嘴唇上摸了一摸，吹一口氣，就不疼了。呆子歡喜下拜。發狠道："哥哥，去打那潑賤去！"星官道："正是，正是。你兩個叫她出來，等我好降她。"

　　行者與八戒跳上山坡，又至石屏之後。呆子一頓釘鈀，把那洞門外壘疊的石塊爬開；闖至一層門，又一釘鈀，將二門築得粉碎。慌得那門裏小妖飛報："奶奶，那兩個醜男人，又把二層門也打破了！"那怪聽見打破二門，即便跳出花亭子，掄叉來刺八戒。八戒使釘鈀迎架。行者在旁，又使鐵棒來打。那怪趕至身邊，要下毒手，行者與八戒回頭就走。那妖怪趕過石屏之後，行者叫聲："昴宿何在？"只見那星官立於山坡之上，現出本像，原來是一隻雙冠子大公雞，昂起頭來，約有六七尺高，對着妖怪叫了一聲，那怪即時就現了本像。原來是個琵琶來大小的一個蠍子精。這星官再叫一聲，那怪渾身酥軟，死在坡前。八戒上前，一隻腳䟓住那怪的胸背道：“孽畜！今番使不得倒馬毒了！”那怪被呆子一頓釘鈀，搗作一團爛醬。那星官復聚金光，駕雲而去。行者與八戒、沙僧朝天拱謝道：“有累！有累！改日赴宮拜酬。”

三人謝畢。卻才收拾行李、馬匹，都進洞裏。見那大小丫鬟，兩邊跪下，拜道：“爺爺，我們都是西梁國女人，前者被這妖精攝來的。你師父在後邊香房裏坐着哭哩。”行者仔細觀看，果然不見妖氣，遂入後邊叫道：“師父！”那唐僧見眾齊來，十分歡喜道：“賢徒，累及你們了！那婦人何如也？”八戒道：“那廝原是個大母蠍子。幸得觀音菩薩指示，大哥去天宮裏請得那昴日星官下降，把那廝收伏。”唐僧謝之不盡。又尋些素米、素麵，安排了飲食，吃了一頓。把那攝將來的女子趕下山，指與回家之路。點上一把火，把幾間房宇，燒燬罄盡。請唐僧上馬，找尋大路西行。

第十四回

三藏路阻火焰山
行者一調芭蕉扇

　　話説師徒四眾，繼續西行，漸覺熱氣蒸人。三藏勒馬道：“如今正是秋天，卻怎返有熱氣？”只見那路旁有座莊院，乃是紅瓦蓋的房舍，紅磚砌的垣牆，一片都是紅的。三藏下馬道：“悟空，你去那人家問個消息，看那炎熱之故何。”大聖收了金箍棒，整肅衣裳，扭捏作個斯文氣象，綽下大路，徑至門前觀看。那門裏忽然走出個老者，猛抬頭，看見行者，吃了一驚，拄着竹杖，喝道：“你是哪裏來的怪人？在我這門首何幹？”行者答禮道：“老施主，我是東土大唐欽差上西方求經者。師徒四人，適至寶方，見天氣蒸熱，不解其故，特拜問指教一二。”那老者卻才放心，笑云：“長老勿罪。我老漢一時眼花，不識尊顏。令師在哪條路上？"行者道："那南首大路上立的不是！"老者教："請來，請來。"行者歡喜，把手一招，三藏即同八戒、沙僧，牽白馬，挑行李走近前，都對老者行禮。

老者見三藏丰姿標致，八戒、沙僧相貌奇稀，又驚又喜，只得請入裏坐。三藏聞言，起身稱謝道："敢問公公，貴處遇秋，何返炎熱？"老者道："敝地喚作火焰山。無春無秋，四季皆熱。"三藏道："火焰山卻在哪邊？可阻西去之路？"老者道："那山離此有六十里遠，正是西方必由之路，卻有八百里火焰，四周圍寸草不生。若過得山，就是銅腦蓋，鐵身軀，也要化成汁哩。"三藏聞言，大驚失色。

只見門外一個少年男子，推一輛紅車兒，叫聲："賣糕！"大聖拔根毫毛，變個銅錢，向那人買糕。那人接了錢，揭開車兒上衣裏，熱氣騰騰，拿出一塊糕遞與行者。行者托在手中，好似火裏燒的灼炭，只道："熱，熱，熱！難吃，難吃！"那男子笑道："怕熱，莫來這裏。這裏就是這等熱。"行者道："常言道：'不冷不熱，五穀不結。'他這等熱得很，你這糕粉，自何而來？"那人道："鐵扇仙有柄芭蕉扇。求得來，一搧熄火，二搧生風，三搧下雨，我們就佈種，及時收割，故得五穀養生；不然，誠寸草不能生也。”

　　行者聞言，急抽身走入裏面，將糕遞與三藏道：“師父放心，吃了糕，我與你說。”長老接糕在手，向本宅老者道：“公公請糕。”老者道：“我家的茶飯未奉，敢吃你糕？”行者笑道：“老人家，茶飯倒不必賜，我問你：鐵扇仙在哪裏住？”老者道：“你問她怎的？”行者道：“適才那賣糕人說，此仙有把‘芭蕉扇’，我欲尋她討來搧熄火焰山過去。”老者道：“你們卻無禮物，恐那聖賢不肯來也。”三藏道：“她要甚禮物？”老者道：“我這裏人家，十年拜求一度。四豬四羊，異香時果，雞鵝美酒，沐浴虔誠，拜到那仙山，請她出洞，至此施為。”行者道：“那山坐落何處？喚甚地名？等我問她要扇去。”老者道：“那山在西南方，名喚翠雲山。山中有一芭蕉洞。計有一千四百里。”行者笑道：“不打緊，就去就來。”那老者道：“且住，吃些茶飯，那路上沒有人家，又多狼虎，非一日可到。”行者笑道：“不用，不用！我去也！”說一聲，忽然不見。那老者慌張道：“爺爺呀！原來是騰雲駕霧的神人也！”

　　那行者霎時徑到翠雲山，按住祥光，正自找尋洞口，只聞得丁丁之聲，乃是山林內一個樵夫伐木。行者近前作禮，問道：“敢問樵哥，這可是翠雲山？”樵子道：“正是。”行者道：“有個鐵扇仙的芭蕉洞，在何處？”樵子笑道：“這芭蕉洞雖有，卻無個鐵扇仙，只有個鐵扇公主，又名羅剎女。”行者道：“人言她有一柄芭蕉扇，能熄得火焰山，敢問是她麼？”樵子道：“正是，正是。這聖賢有這件寶貝，善能熄火，保護那方人家，故此稱為鐵扇仙，乃大力牛魔王妻也。”

行者聞言，大驚失色。心中暗想到道：“又是冤家了！當年伏了紅孩兒，說是這廝養的。今又遇他父母，怎生借得這扇子耶？”遂別了樵夫，徑至芭蕉洞口。但見那兩扇門緊閉，洞外風光秀麗。行者上前叫：“牛大哥，開門！開門！”呀的一聲，洞門開了，裏邊走出一個毛兒女，手中提着花籃，肩上擔着鋤子，行者上前迎着合掌道：“女童，累你轉報公主一聲。我本是取經的和尚，在西方路上，難過火焰山，特來拜借芭蕉扇一用。”那毛女道：“你是哪寺裏和尚？叫甚名字？我好與你通報。”行者道：“我是東土來的，叫作孫悟空和尚。”

那毛女即刻便回身，轉於洞內，對羅剎跪下道：“奶奶，洞門外有個東土來的孫悟空和尚，要來拜求芭蕉扇，過火焰山一用。"那羅剎聽見"孫悟空"三字，便似火上澆油，怒發心頭。口中罵道："這潑猴！今日來了！"隨即取了披掛，拿兩口青鋒寶劍，整束出來。高叫道："孫悟空何在？"行者上前，躬身施禮道："嫂嫂，老孫在此奉揖。"羅剎咄的一聲道："誰是你的嫂嫂！哪個要你奉揖！"行者道："尊府牛魔王，當初曾與老孫結義，乃兄弟之親。公主是牛大哥令正，安得不以嫂嫂稱之！"羅剎道："你這潑猴，既有兄弟之親，如何坑害我子紅孩兒？"行者滿臉陪笑道："嫂嫂錯怪了老孫。令郎因是捉了我師父，要蒸要煮，幸虧觀音菩薩收他去，他如今現在菩薩處做善財童子，實受了菩薩正果，與天地同壽，日月同庚。你倒不謝老孫保命之恩，反怪老孫，是何道理！"

羅剎道："你這個巧嘴的潑猴！我那兒雖不傷命，再怎生得到我的跟前，幾時能見一面？"行者笑道："嫂嫂要見令郎，有何難處？你且把扇子借我，搧熄了火，送我師父過去，我就到南海菩薩處請他來見你，有何不可！那時節，你看他如有些須之傷，也怪得有理。"羅剎道："魔猴！少耍饒舌！伸過頭來，等我砍上幾劍！若受得疼痛，就借扇子與你；若忍耐不得，教你早見閻君！"行者叉手向前，笑道："老孫伸着光頭，任尊意砍上多少，但沒氣力便罷。是必借扇子用用。"那羅剎不容分說，雙手掄劍，照行者頭上乒乓乓乓，砍有十數下，這行者全不認真。羅剎害怕，回頭要走。行者道："嫂嫂，哪裏去？快借我使使！"那羅剎道："我的寶貝原不輕借。"行者道："既不肯借，吃你老叔一棒！"

好猴王，一隻手扯住，一隻手去耳內掣出棒來，那羅剎掙脫手，舉劍來迎。行者隨又掄棒便打。那羅剎女與行者相持到晚，見行者棒重，卻又解數周密，料鬥他不過，即便取出芭蕉扇，晃一晃，一扇陰風，把行者搧得無影無形，飄飄盪盪，左沉不能落地，右墜不能存身。就如旋風翻敗葉，滾了一夜，直至天明，方才落在一座山上，雙手抱住一塊峰石。定性良久，仔細觀看，卻才認得是小須彌山。大聖長歎一聲道："好厲害婦人！怎麼就把老孫送到這裏來了？等我下去問靈吉菩薩一個消息，好回舊路。"

正躊躇間，又聽得鐘聲響亮，急下山坡，徑至禪院。那門前道人認得行者的形容，即入裏面稟報，菩薩知是悟空，連忙下寶座相迎，入內施禮道："恭喜！取經來耶！"悟空答道："正好未到！早哩，早哩！"靈吉道："既未曾到得雷音，何以回顧荒山？"行者道："今到火焰山，不能前進，詢問土人，說有個鐵扇仙，芭蕉扇搧得火滅，老孫特去尋訪。原來那仙是牛魔王的妻，紅孩兒的母。她說我把她兒子做了觀音菩薩的童子，不能常見，恨我為仇，不肯借扇，與我爭鬥。她見我的棒重難撐，遂將扇子把我一搧，搧得我悠悠盪盪，直到於此，方才落住。此處到火焰山，不知有多少里數？"靈吉笑道："那婦人的芭蕉扇本是崑崙山後，自混沌開闢以來，天地產成的一個靈寶，能滅火氣。假若搧着人，要飄八萬四千里，方息陰風。我這山到火焰山，只有五萬餘里。大聖有留雲之能，故止住了。"行者道："厲害！厲害！我師父卻怎生得度那方？"靈吉道："我當年受如來教旨，賜我一粒'定風丹'，如今送了大聖，管教那廝搧你不動，你卻要了扇子，搧熄火，卻不就立此功也！"行者低頭行禮，感謝不盡。那菩薩即於衣袖中取出一粒定風丹與行者安在衣領裏邊，將針線緊緊縫了。送行者出門道："往西北去，就是羅剎的山場也。"

行者辭了靈吉，駕筋斗雲，徑返翠雲山，頃刻而至。使鐵棒打着洞門叫道："開門！開門！老孫來借扇子使使哩！"慌得那門裏女童急忙入報，羅剎聞言，心中悚懼道："這潑猴真有本事！他怎麼才吹去就回來也？這番等我一連搧他兩三扇，教他找不着歸路！"急縱身。雙手提劍，走出門來道：“孫行者！你不怕我，又來尋死！”行者笑道：“嫂嫂勿得慳吝，是必借我使使。保得唐僧過山，就送還你。”

羅剎又罵道：“潑獼猴！奪子之仇，尚未報得；借扇之意，豈得如心！你不要走！吃我老娘一劍！”大聖使鐵棒劈手相迎。他兩個往往來來，戰經五七回合，羅剎女手軟難掄，見事勢不諧，即取扇子，望行者搧了一扇，行者巍然不動，收了鐵棒，笑吟吟地道：“這番不比那番！任你怎麼搧來，老孫若動一動，就不算漢子！”那羅剎又搧兩搧，果然不動。羅剎慌了，急收寶貝，轉回走入洞裏，將門緊緊關上。

行者見她關了門，就弄個手段，拆開衣領，把定風丹噙在口中，搖身一變，變作一個蟭蟟蟲兒從門隙處鑽進。只見羅剎叫：“渴了！渴了！快拿茶來！”近侍女童，即將香茶一壺，沙沙地滿斟一碗，行者見了，嚶的一翅，飛在茶沫之上。那羅剎渴極，接過茶，兩口氣都吃了。行者已到她肚腹之內，現原身厲聲高叫道：“嫂嫂，借扇子我使使！”羅剎大驚失色，叫道：“孫行者如何在家裏叫喚？”女童道：“在你身上叫哩。”羅剎道：“孫行者，你在哪裏弄術哩？”行者道：“老孫一生不會弄術，都是些真手段，實本事，已在尊嫂尊腹之內耍子，我知你也飢渴了，我先送你個坐碗兒解渴！"卻就把腳往下一蹬。那羅剎小腹之中，疼痛難忍，坐於地下叫苦。行者又往頭上一頂。那羅剎疼得面黃唇白，只叫："孫叔叔饒命！"

行者卻才收了手腳道："你才認得叔叔麼？我看牛大哥情面上，且饒你性命。快將扇子拿來我使使。"羅剎道："叔叔，有扇！有扇！你出來拿了去！"即叫女童拿一柄芭蕉扇，執在旁邊。行者探到喉嚨之上見了道："嫂嫂，我饒你性命，你把口張三張兒。"那羅剎果張開口。行者還作個蟭蟟蟲，先飛出來，化了原身，拿了扇，叫道："謝借了！謝借了！"拽開步，往前便走。小的們連忙開了門，放他出洞。

這大聖撥轉雲頭，徑回東路。霎時按落雲頭，立在紅磚壁下。八戒見了歡喜道："師父，師兄來了！"三藏即與本莊老者同沙僧出門接着，同至舍內。把芭蕉扇靠在旁邊道："老官兒，可是這個扇子？"老者道："正是！正是！"唐僧喜道："賢徒有莫大之功。求此寶貝，甚勞苦了。"行者把借扇經過，備陳一遍。三藏聞言，感謝不盡。師徒們俱拜辭老者。一路西來，約行有四十里遠近，漸漸酷熱蒸人。沙僧只叫："腳底烙得慌！"八戒又道：

"爪子燙得痛！"行者道："師父且請下馬。兄弟們莫走。等我搧熄了火，待風雨之後，地土冷些，再過山去。"行者果舉扇，徑至火邊，盡力一搧，那山上火光烘烘騰起，再一搧，更着百倍；又一搧，那火足有千丈之高，漸漸燒着身體。行者急回，已將兩股毫毛燒淨，直跑到唐僧面前叫："快回去，快回去！火來了！"

那師父爬上馬，與八戒、沙僧，復東來有二十餘里，方才歇下，道："悟空，如何了呀！"行者丟下扇子道："不停當！不停當！被那廝哄了！"三藏聽説，愁促眉尖，悶添心上，八戒笑道："你常説雷打不傷，火燒不損，如今何又怕火？"行者道："那時節用心防備，故此不傷；今日只為搧熄火光，不曾捻避火訣，又未使護身法，所以把兩股毫毛燒了。"沙僧道："似這般火盛，無路通西，怎生是好？"八戒道："只揀無火處走便罷。"三藏道："哪方無火？"八戒道："東方、南方、北方，俱無火。"又問："哪方有經？"八戒道："西方有經。"三藏道："我只欲往有經處去哩！"沙僧道："有經處有火，無火處無經，誠是進退兩難！"

第十五回

牛魔王罷戰赴宴
行者二調芭蕉扇

　　師徒們正自胡談亂講，只聽得有人叫道："大聖不須煩惱，且來吃些齋飯再議。"四眾回看時，見一老人，頭頂偃月冠，手持龍頭杖，足踏鐵勒靴，托着一個銅盆，盆內有些蒸餅糕糜，黃糧米飯，在西路下躬身道："我本是火焰山土地。知大聖保護聖僧，不能前進，特獻一齋。"行者道："吃齋事小，這火光幾時滅得，讓我師父過去？"土地道："要滅火光，須求羅剎女借芭蕉扇。"行者去路旁拾起扇子道："這不是？那火越搧越着，何也？"土地看了，笑道："此扇不是真的，被她哄了。"行者道："如何方得真的？"那土地又控背躬身，微微笑道："若還要借真蕉扇，須尋求大力王牛魔王也。"

行者道：“這山本是牛魔王放的火，假名火焰山？”土地道：“不是，不是。大聖若肯赦小神之罪，方敢直言。”行者道：“你有何罪？直說無妨。”土地道：“這火原是大聖放的。”行者怒道：“你這等亂談！我可是放火之輩？”土地道：“是你也認不得我了。此間原無這座山；因大聖五百年前，大鬧天宮時被擒，壓赴老君，將大聖安於八卦爐內，煅煉之後開鼎，被你蹬倒丹爐，落了幾個磚來，內有餘火，到此處化為火焰山。我本是兜率宮守爐的道人。老君怪我失守，降下此間，就做了火焰山土地也。”豬八戒聞言，恨道：“怪道你這等打扮！原來是道士變的土地！”

行者半信不信道：“你且說，早尋大力王何故？”土地道：“大力王乃是羅剎女丈夫。因在積雷山摩雲洞，有個萬年狐王。那狐王死了，遺下一個女兒，叫作玉面公主。那公主有百萬家私，無人掌管；二年前，訪着牛魔王神通廣大，情願倒陪家私，招贅為夫。那牛王棄了羅剎，久不回顧。若大聖尋着牛王，拜求來此，方借得真扇。”行者道：“積雷山坐落何處？到彼有多少程途？”土地道：“在正南方。此間到彼，有三千餘里。”行者聞言，即吩咐沙僧、八戒保護師父。又教土地，陪伴勿回。隨即呼的一聲，渺然不見。

哪裏消半個時辰，早見一座高山凌漢。按落雲頭，停立巔峰之上觀看，看夠多時，步下尖峰，入深山，找尋路徑。忽見松蔭下，有一女子，手折了一枝香蘭，裊裊娜娜而來，大聖閃在怪石之旁，定睛觀看，那女子漸漸走近石邊，大聖躬身施禮，緩緩而言曰：“女菩薩何往？”那女子抬頭，忽見大聖的相貌醜陋，老大心驚，欲退難退，欲行難行，只得勉強答道：“你是何方來者？敢在此間問誰？”大聖沉思道：“我若說出取經求扇之事，恐這廝與牛王有親，——且只以假親託意，來請魔王之言而答方可。……”即躬身陪笑道：“我是翠雲山來的，初到貴處，不知路徑，敢問菩薩，此間可是積雷山？”那女子道：“正是。”大聖道：“有個摩雲洞，坐落何處？”那女子道：“你尋那洞做甚？”大聖道：“我是翠雲山芭蕉洞鐵扇公主央來請牛魔王的。”

那女子一聽鐵扇公主請牛魔王之言，心中大怒，徹耳根子通紅，潑口罵道：“這賤婢，着實無知！牛王自到我家，未及二載，也不知道送了她多少珠翠金銀，綾羅緞疋；年供柴，月供米，還不識羞，又來請他怎的！”大聖聞言，情知是玉面公主，故意掣出金箍棒大喝一聲道：“你這潑賤，將家私買住牛王，誠然是陪錢嫁漢！你倒不羞，卻敢罵誰！”那女子見了，諕得魄散魂飛，戰兢兢回頭便走。這大聖吆吆喝喝，隨後相跟。原來穿過松蔭，就是摩雲洞口。女子跑進去，撲地把門關了。

那女子跑得粉汗淋淋，徑入書房裏面，原來牛魔王正在那裏靜玩丹畫。這女子沒好氣倒在牛魔王懷裏，放聲大哭。牛王滿面陪笑道：“美人，休得煩惱，有甚話說？”女子道：“適才我在洞外閒步花蔭，忽有一個毛臉雷公嘴的和尚，猛地前來施禮，把我嚇了個呆挣。及定性問是何人，他說是鐵扇公主央他來請牛魔王的。被我說了兩句，他倒罵了我一場，將一根棍子，趕着我打。若不是走得快些，幾乎被他打死！”牛王聞言，卻發狠道：“美人在上，不敢相瞞。那芭蕉洞僻靜清幽，我山妻自幼修持，是個得道的女仙，卻是家門嚴謹，內無一尺之童，焉得有雷公嘴的男子央來？想是哪裏來的妖怪，假綽名聲，至此訪我。等我出去看看。”

好魔王，拽開步，出了書房；上大廳取了披掛，拿了一條混鐵棍，出門高叫道：“是誰人在我這裏無狀？”行者在旁，見他那模樣，與五百年前又大不同，便整衣上前道：“長兄，還認得小弟麼？”牛王答禮道：“你是齊天大聖孫悟空麼？”大聖道：“正是，正是，一向久別未拜。適才到此問一女子，方得見兄。丰采果勝常，可賀也！”牛王喝道：“且休巧舌！我聞你鬧了天宮，被佛祖降壓在五行山下，近解脫天災，保護唐僧西天見佛求經，怎麼把我小兒害了？”大聖行禮道：“長兄勿得誤怪小弟。當時令郎捉住吾師，要食其肉，小弟近他不得，幸觀音菩薩欲救我師，勸他歸正。現今做了善財童子，享極樂之門堂，受逍遙之永壽，有何不可，反怪我耶？”

牛王罵道：“這個乖嘴的猢猻，害子之情，被你說過；你才欺我愛妾，打上我門何也？”大聖笑道：“實不瞞長兄。小弟因保唐僧西進，路阻火焰山不能前進。詢問土人，知尊嫂羅剎女有一柄芭蕉扇，欲求一用。昨到舊府，奉拜嫂嫂，嫂嫂堅持不借，是以特求長兄。望兄長同小弟到大嫂處一走，千萬借扇搧滅火焰，保得唐僧過山，即時送還。”牛王聞言，心如火發，咬響鋼牙罵道：“你原來是借扇之故！一定先欺我山妻，山妻想是不肯，故來尋我！且又趕我愛妾！多大無禮？上來吃我一棍！”大聖道：“小弟這一向疏懶，不曾與兄相會，不知武藝比昔日如何，我請演演棍看。”這牛王哪容分說，掣混鐵棒，劈頭就打。這大聖持金箍棒，隨手相迎。

二人鬥了百十回合，不分勝負。正在難解難分之際，只聽得山峰上有人叫道：“牛爺爺，我大王多多拜上，幸賜早臨，好安座也。”牛王聞說，使混鐵棍支住金箍棒，叫道：“獼猴，你且住了，等我去一個朋友家赴會來者！”言畢，按下雲頭，徑至洞裏，對玉面公主道：“美人，才那雷公嘴的男子乃孫悟空獼猴，被我一頓棍打走了，再不敢來。你放心好了。我到一個朋友處吃酒去也。”他才卸了盔甲，穿一領鴉青剪絨襖子，走出門，跨上“辟水金睛獸”，一直向西北方而去。

大聖在高峰上看着，心中暗想道：“這老牛不知又結識甚麼朋友，往哪裏去赴會。等老孫跟他走走。”好行者，將身晃一晃，變作一陣清風趕上，不多時，到了一座山中，那牛王寂然不見。大聖聚了原身，入山尋看，那山中有一面清水深潭，潭邊有一座石碣，碣上有六個大字，乃“亂石山碧波潭”。大聖暗想道：“老牛斷然下水去了。等老孫也下水去看看。”

好大聖，唸個咒語，搖身一變，變作一個螃蟹，有三十六斤重。撲地跳在水中，徑沉潭底。忽見一座玲瓏剔透的牌樓，樓下拴着個辟水金睛獸。進牌樓裏面，卻就沒水了。大聖爬進去，仔細看時，只見那壁廂一派音樂之聲，上面坐的是牛魔王，左右有三四個蛟精，前面坐着一個老龍精，兩邊乃龍子、龍孫、龍婆、龍女。正在那裏觥籌交錯之際，孫大聖一直走將上去，被老龍看見，即命："拿下那個野蟹來！"龍子、龍孫一齊擁上前，把大聖拿住。大聖忽作人言，叫："饒命！饒命！"老龍道："你是哪裏來的野蟹？怎麼敢上廳堂，在尊客面前，橫行亂走？"好大聖，假捏虛言，對眾供道："生在江湖之中，初入皇宮，不懂禮儀。"

座上眾精聞言，都拱身對老龍作禮道："蟹介士初入瑤宮，不知王禮，望尊公饒他去罷。"老龍即教："放了那廝。"大聖應了一聲，往外逃命，徑至牌樓之下。心中暗想道："這牛王在此貪杯，哪裏等得他散？……不如偷了他的金睛獸，變作牛魔王，去哄那羅剎女，騙她扇子，送我師父過山為妙。……"

好大聖，即現本像，將金睛獸解了韁繩，撲一把跨上雕鞍，徑直騎出水底。到於潭外，將身變作牛王模樣。縱着雲，不多時，已至翠雲山芭蕉洞口。叫聲："開門！"那洞門裏有兩個女童，聞得聲音開了門，看見是牛魔王嘴臉，即入報："奶奶，爺爺來家了。"那羅剎聽説，忙整雲鬢，急移蓮步，出門迎接。這大聖下雕鞍，牽進金睛獸。

羅刹女肉眼，認他不出，即攜手而入。着丫鬟設座看茶，整酒接風賀喜，又把孫行者來借扇一事，細敍一遍。

酒至數巡，羅刹覺有半酣，色情微動，就和孫大聖挨挨擦擦，攜着手，俏語溫存，並着肩，低聲俯就。大聖假意虛情，相陪相笑，與她相倚相偎，暗自留心，挑逗道："夫人，真扇子你收在哪裏？早晚仔細。孫行者變化多端，卻又來騙去。"羅刹笑嘻嘻的，口中吐出，只有一個杏葉兒大小，遞與大聖道："這個不是寶貝？"大聖接在手中，卻又不信，暗想着："這些些兒，怎生搧得火滅？"便問她一句道："這般小小之物，如何搧得八百里火焰？"羅刹酒陶真性，無忌憚，就說出方法道："大王，與你別了二載，想你是晝夜貪歡，被那玉面公主弄傷了神思；怎麼自家的寶貝，也都忘了？——只將左手大指頭捻着那柄兒上第七縷紅絲，唸一聲'啊噓呵吸嘻吹呼'，即長一丈二尺長。哪怕他八萬里火焰，可一搧而消也。"

大聖聞言，卻把扇兒也嚥在口裏，把臉抹一抹，現了本像。厲聲高叫道："羅刹女！你看看我可是你親老公！"那女子一見是孫行者，慌得推倒席桌，跌落塵埃，羞愧無比，只叫："氣殺我也！氣殺我也！"這大聖，不管她死活，捽脫手，拽大步，徑出了芭蕉洞。將身一縱，踏祥雲，跳上高山，將扇子吐出來，演演方法。將左手大指頭捻着那柄上第七縷紅絲，唸一了聲"呵噓呵吸嘻吹呼"，果然長了有一丈二尺長短。拿在手中，仔細看了一看，比前番假的果是不同，只見祥光晃晃，瑞氣紛紛，上有三十六縷紅絲，穿經度絡，表裏相聯。原來行者只討了個長的方法，不曾討她個小的口訣，沒辦法，只得擎在肩上，找舊路而回。

卻說那牛魔王在碧波潭底與眾精散了筵席，出得門來，不見了辟水金睛獸。老龍王聚集眾精問道："是誰偷放牛爺的金睛獸也？"眾精跪下道："沒人敢偷。我等俱在筵席前供酒捧盤，供唱奏樂，無一人在前。"老龍道："家樂兒斷乎不敢，可曾有甚生人進來？"龍子、龍孫道："適才安座之時，有個蟹精到此。那個便是生人。"牛王聞說，頓然省悟道："不消講了！早間賢友着人邀我時，有個孫悟空保唐僧取經，路遇火焰山難過，曾問我求借芭蕉扇。我不曾與他，他和我賭鬥一場，未分勝負，我卻丟了他，徑赴盛會。那猴子千般伶俐，斷乎是變作蟹精，來此打探消息，偷了我獸，去山妻處騙了那一把芭蕉扇兒也！等我趕他去來。"

遂而分開水路，跳出潭底，駕黃雲，徑至翠雲山芭蕉洞，只聽羅剎女跌腳捶胸，大呼小叫。推開門，又見辟水金睛獸拴在下邊，牛王高叫：“夫人，孫悟空哪廂去了？”眾女童看見牛魔，一齊跪下道：“爺爺來了？”羅剎女扯住牛王，口裏罵道：“潑老天殺的！怎樣這般不謹慎，着那猢猻偷了金睛獸，變作你的模樣，到此騙我！”牛王切齒道：“猢猻哪廂去了？”羅剎捶着胸膛罵道：“那潑猴賺了我的寶貝，現出原身走了！”牛王道：“夫人保重，勿得心焦。等我趕上猢猻，奪了寶貝，剝了他皮，銼碎他骨，與你出氣！”脱了那赴宴的鴉青絨襖，束一束貼身小衣，雙手提劍，走出芭蕉洞，徑奔火焰山趕來。

第十六回

八戒助力敗魔王
行者三調芭蕉扇

話說牛魔王趕上孫大聖，只見他肩膊上捎着那柄芭蕉扇，怡顏悦色而行。魔王暗道："我若當面問他索取，他定然不與。我聞得唐僧在那大路上等候。他二徒弟豬精，我當年做妖怪時，也曾會他。且變作豬精的模樣，反騙他一場。料猢猻以得意為喜，必不詳細提防。"好魔王，他也有七十二變，武藝也與大聖一般，只是身子欠鑽疾，把寶劍藏了，唸個咒語，搖身一變，即變作八戒一樣嘴臉，抄下路，當面迎着大聖，叫道："師兄，我來也！"

這大聖卻倚着強能，更不察來人的意思。見是個八戒的模樣，便就叫道："兄弟，你往哪裏去？"牛魔王道："師父見你許久不回，恐牛魔王手段大，你鬥不過他，教我來迎你的。"行者笑道："不必費心，我已得了手了。"
牛王又問道："你怎麼得的？"行者道："那老牛與我戰
經百十合，不分勝負。他就撇了我，去那亂石山碧波潭
底，與一夥蛟精、龍精飲酒。是我暗跟他去，變作個螃蟹，
偷了他所騎的辟水金睛獸，變了老牛的模樣，徑至芭蕉洞
哄那羅剎女，設法騙將來的。"牛王道："卻是難為了。
哥哥勞碌太甚，可把扇子我拿。"孫大聖哪知真假，也慮
不及此，遂將扇子遞與他。

　　原來那牛王，他知那扇子收放的根本；接過手，不
知唸個甚麼訣兒，依然小似一片杏葉，現出本像。開言
罵道："潑獼猴！認得我麼？"行者見了，心中自悔道：
"咦！逐年家打雁，今卻被小雁兒鵒了眼睛。"恨得他暴
躁如雷，掣鐵棒，劈頭便打，那魔王就使扇子搧他一下；
那大聖將定風丹噙在口、嚥下肚裏，憑他怎麼搧，再也搧
他不動。牛王慌了，把寶貝丟入口中，雙手掄劍就砍。

　　且不說他兩個相鬥難分。卻表唐僧坐在途中，一則火
氣蒸人，二來心焦口渴，對火焰山土地道："敢問尊神，
那牛魔王法力如何？"土地道："那牛王神通不小，法力
無邊，正是孫大聖的敵手。"三藏道："悟空是個會走路
的，往常二千里路，一霎時便回，怎麼如今去了一日？斷

是與牛王賭鬥。"叫："悟能，你去迎你師兄一迎？倘或遇敵，就當用力相助。"八戒道："我想着要去接他，但只是不認得積雷山路。"土地道："小神認得。且教捲簾將軍與你師父做伴，我與你去來。"三藏大喜道："有勞尊神，功成再謝。"

那八戒抖擻精神，搴着鈀，即與土地縱起雲霧，徑向東方而去。正行時，忽聽得喊殺聲高，狂風滾滾。八戒按住雲頭看時，原來孫行者與牛王廝殺哩。呆子掣釘鈀，厲聲高叫道："師兄，我來也！"行者恨道："你這夯貨，誤了我多少大事！這廝變作你的模樣，口稱迎我，我一時歡悅，轉身把扇子遞在他手，他卻現了本像，與老孫在此比拼。"八戒聞言大怒，舉釘鈀，當面罵道："我把你這血皮脹的遭瘟！你怎敢變作你祖宗的模樣，騙我師兄！"你看他沒頭沒臉地使釘鈀亂築。那牛王，與行者鬥了一日，力倦神疲；見八戒的釘鈀兇猛，遮架不住，敗陣就走。只見那火焰山土地，率領陰兵，當面擋住道："大力王，且住手。唐三藏西天取經，無神不保，無天不佑，快將芭蕉扇來搧熄火焰，教他無災無障，早過山去；不然，上天責你罪愆，定遭誅也。"牛王道："你這土地，全不察理！那潑猴奪我子，欺我妾，騙我妻，我恨不得囫圇吞他下肚，怎麼肯將寶貝借他！"

說不了，八戒趕上罵道："快拿出扇來，饒你性命！"那牛王只得回頭，使寶劍又戰八戒。孫大聖舉棒相幫。那魔王奮勇爭強，且行且鬥，鬥了一夜，不分上下，早又天明。前面是他的積雷山摩雲洞口，他三個與土地、陰兵混戰一處，又喧嘩聲震耳，驚動那玉面公主，喚丫鬟看是哪裏人嚷。只是守門小妖來報："是我家爺爺與那雷公嘴漢子並一個長嘴大耳的和尚同火焰山土地等眾廝殺哩！"玉面公主聽言，即命外護的大小頭目，各執槍刀，齊告："大王爺爺，我等奉奶奶內旨，特來助力也！"牛王大喜道："來得好！來得好！"眾妖一齊上前亂砍。八戒措手不及，倒拽着把，敗陣而走。大聖縱筋斗雲，跳出重圍。眾陰兵亦四散奔走。老牛得勝，聚眾妖歸洞，緊閉了洞門。

他兩個領着土地、陰兵再一齊上前，使釘鈀，掄鐵棒，乒乒乓乓，把一座摩雲洞的前門，打得粉碎。諕得那外護頭目，戰戰兢兢，闖入裏邊報道："大王！孫悟空率眾打破前門也！"那牛王聽說打破前門，十分發怒，急披掛，拿了鐵棍，從裏邊罵出來道："潑獼猴！你是多大個人兒，敢這等上門撒潑。"八戒近前亂罵道："潑老剝皮！你是個甚樣人物，敢量哪個大小！不要走！看鈀！"牛王喝道："你這個夯貨，不見怎的！快叫那猴兒上來！"行者道："不知好歹！仔細吃吾一棒！"那牛王奮勇而迎。他三個又鬥有百十餘合。八戒發起獸性，仗着行者神通，舉鈀亂築。牛王招架不住，敗陣回頭，就奔洞門。卻被土地、陰兵攔住洞門，喝道："大力王，哪裏走！吾等在此！"那老牛不得進洞，急抽身，又見八戒、行者趕來，慌得卸了盔甲，丟了鐵棍，搖身一變，變作一隻天鵝，望空飛走。

　　行者看見，笑道："八戒！老牛去了。"土地道："既如此，卻怎麼好？"行者道："你兩個打進此門，把羣妖盡情剿除，拆了他的窩巢，絕了他的歸路，等老孫與他賭變化去。"那八戒與土地，依言攻破洞門。這大聖收了金箍棒，捻訣唸咒，搖身一變，變作一個海東青，颼的一翅，鑽在雲眼裏，倒飛下來，落在天鵝身上，抱住頸項嗛眼。那牛王知是孫行者變化，刷的一翅，淬下山崖，將身一變，變作一隻香獐，在崖前吃草。行者認得，也就落下翅來，變作一隻餓虎，剪尾跑蹄，要來趕獐作食。牛王着了急，又變作一個人熊，放開腳，就來擒那餓虎。行者打個滾，就變作一隻賴象，撒開鼻子，要去捲那人熊。

　　牛王嘻嘻的笑了一笑，現出原身，——一隻大白牛：頭如峻嶺，眼若閃光；兩隻角，似兩座鐵塔；牙排利刃；連頭至尾，有千餘丈長短；自蹄至背，有八百丈高下。——對行者高叫道：「潑獼猴！你如今將奈我何？」行者也就現了原身，抽出金箍棒來，把腰一躬，喝聲叫：「長！」長得身高萬丈，頭如泰山，眼如日月，口似血池，牙似門扇，手執一條鐵棒，着頭就打。那牛王硬着頭，使角來觸。這一場，真個是憾嶺搖山，驚天動地！他兩個大展神通，在半山中賭鬥，驚得那諸天神佛都來圍困魔王。那魔王公然不懼，你看他直挺挺，光耀耀的兩隻鐵角，往來抵觸；毛森森，筋暴暴的一條硬尾，左右敲搖。孫大聖當面迎，眾多神四面打，牛王急了，就地一滾，復本像，便投芭蕉洞去。行者也收了法像，與眾神隨後追襲。那魔王闖入洞裏，閉門不出。概眾把一座翠雲山圍得水泄不通。

正都上門攻打，忽聽得八戒與土地、陰兵嚷嚷而至。行者見了，問道：「那摩雲洞事體如何？」八戒笑道：「那老牛的娘子，被我一鈀築死，剝開衣看，原來是個玉面狸精。那伙羣妖，都是些驢、騾、犢、羊、虎、麋、鹿等類。都此盡皆剿戮，又將他洞府房廊放火燒了。土地說他還有一處家小，住居此山，故又來這裏掃蕩也。」行者道：「老孫空與那老牛賭變化，未曾得勝。他卻復原身，走進洞去矣。"八戒道："那可是芭蕉洞麼？"行者道："正是！正是！羅剎女正在此間。"八戒發狠道："既是這般，怎麼不打進去，剿除那廝，問她要扇子？"

好呆子，抖擻威風，舉鈀照門一築，將那石崖連門築倒了一邊。慌得那女童忙報："爺爺！不知甚人把前門都打壞了！"牛王大怒。就口中吐出扇子，遞與羅剎女。羅剎女接扇在手，滿眼垂淚道："大王！把這扇子送與那猢猻，教他退兵去罷。"牛王道："夫人啊，物雖小而恨則深。你且坐着，等我再和他比拼去。"那魔王重整披掛，又選兩口寶劍，走出門來。正遇着八戒使鈀築門，老牛掣劍劈頭便砍。八戒舉鈀迎着，向後倒退了幾步，出門來，早有大聖掄棒當頭。那牛魔即駕狂風，跳離洞府，又都在那翠雲山上相持。眾神四面圍繞，土地兵左右攻擊。

那牛王鬥經五十餘合，抵敵不住，敗了陣，欲往東西南北逃走，見那四面八方都是佛兵天將，真個似羅網高張，不能脫命。正在倉惶之際，又聞得行者率眾趕來，他就駕雲頭，朝上便走。卻好有托塔李天王並哪吒太子，幔住空中，叫道："慢來！慢來！吾奉玉帝旨意，特來此剿除你也！"牛王急了，依前搖身一變，還變作一隻大白牛，使兩隻鐵角去觸天王。天王使刀來砍，隨後孫行者又到。

哪吒太子厲聲高叫："大聖，愚父子昨日見佛如來，發檄奏聞玉帝，言唐僧路阻火焰山，孫大聖難伏牛魔王，玉帝傳旨，特差我父王領眾助力。"行者道："這廝神通不小！又變作這等身軀，卻怎奈何？"太子笑道："大聖勿疑，你看我擒他。"

這太子即喝一聲："變！"變得三頭六臂，飛身跳在牛王背上，使斬妖劍望頸項上一揮，不覺得把個牛頭斬下。那牛王腔子裏又鑽出一個頭來，口吐黑氣，眼放金光。被哪吒又砍一劍，又鑽出一個頭來。一連砍了十數劍，隨即長出十數個頭。哪吒取出火輪兒掛在那老牛的角上，便吹真火，焰焰烘烘，把牛王燒得張狂哮吼，搖頭擺尾。才要變化脫身，又被托塔天王將照妖鏡照住本像，騰挪不動，只叫："莫傷我命！情願歸順佛家也！"哪吒道："既惜身命，快拿扇子出來！"牛王道："扇子在我山妻處收着哩。"

哪吒見說，將縛妖索子解下，跨在他那頸項上，一把拿住鼻頭，將索穿在鼻孔裏，用手牽來。孫行者與眾神簇擁着白牛，回至芭蕉洞口。老牛叫道："夫人，將扇子出來，救我性命！"羅剎聽叫，急卸了釵環，脫了色服，雙手捧那柄芭蕉扇子，走出門；又見有金剛眾聖與天王父子，慌忙跪在地下，磕頭禮拜道：“望菩薩饒我夫妻之命，願將此扇奉承孫叔叔成功去也！”行者近前接了扇，同大眾共駕祥雲，徑回東路。

孫大聖執着扇子，行近山邊，儘氣力揮了一扇，那火焰山平平息焰，又搧一扇，只聞得習習清風；第三扇，滿天雲漠漠，細雨落霏霏。三藏解燥除煩，清心了意，謝過眾神。天王、太子牽牛徑歸佛地回繳。止有本山土地，押着羅剎女，在旁伺候。

行者道：“那羅剎，你不走路，還立在此等甚？”羅剎跪道：“萬望大聖垂慈，將扇子還了我罷。”八戒喝道：“潑賤人，饒了你的性命，就夠了，還要討甚麼扇子？”羅剎再拜道：“我等也修成人道，只是未歸正果。我再不敢妄作。願賜本扇，重立自新，修身養命去也。”土地道：“大聖！趁此女深知熄火之法，斷絕火根，還她扇子，小神居此苟安，拯救這方生民，求些血食，誠為恩便。”行者道：“如何始得除根？”羅剎道：“要斷絕火根，只消連搧四十九扇，永遠再不發了。”

行者聞言，執扇子，使盡筋力，望山頭連搧四十九扇，有火處下雨，無火處天晴。他師徒們立在這無火處，不遭雨濕。坐了一夜，次早才收拾馬匹、行李，把扇子還了羅刹。孫悟空又道："老孫若不與你，恐人說我言而無信。你將扇子回山，再休生事。看你得了人身，饒你去罷！"那羅刹接了扇子，唸個咒語，捏作個杏葉兒，噙在口裏。拜謝了眾聖，隱姓修行。後來也得正果。行者、八戒、沙僧，保着三藏遂此前進，真個是身體清涼，足下滋潤。

第十七回

盤絲洞七情迷本
濯垢泉八戒忘形

　　話表三藏整頓鞍馬西進。行夠多少山原，歷盡無窮水道，不覺的秋去冬殘，又值春光明媚。師徒們正在路踏青玩景，忽見一座庵林。三藏滾鞍下馬，站立大道之旁。行者問道：“師父，這條路平坦無邪，因何不走？”三藏道：“我看那裏是個人家，意欲自去化些齋吃。”行者笑道：“師父，你要吃齋，我自去化。豈有為弟子者高坐，教師父去化齋之理？”三藏道：“不是這等説。平日間一望無邊無際，你們沒遠沒近地去化齋，今日人家逼近，也讓我去化一個來。”八戒道：“古書云：‘有事弟子服其勞。’等我老豬去。”三藏道：“徒弟啊，今日天氣晴明，等我去。有齋無齋，可以就回走路。”沙僧在旁笑道：“師兄，師父的心性如此，不必違拗。若惱了他，就化將齋來，他也不吃。"

八戒依言，即取出鉢盂，與他換了衣帽。長老拽開步，直至那莊前觀看，見那人家沒個男兒，只有四個女子，不敢進去；將身立定，閃在喬林之下。少停有半個時辰，一發靜悄悄，雞犬無聲。自家思慮道："我若沒本事化頓齋飯，也惹那徒弟笑我。"沒計奈何，趲步上橋。又走了幾步，只見那茅屋裏面有一座木香亭子，亭子下有三個女子在那裏踢氣毬哩。三藏看得時辰久了，只得走上橋頭，應聲高叫道："女菩薩，貧僧這裏隨緣佈施些兒齋吃。"那些女子聽見，一個個喜喜歡歡地撇了氣毬，都笑笑吟吟地接出門來道："長老，失迎了。今到荒莊，請裏面坐。"

長老相隨眾女入茅屋。過木香亭，有一女子上前，把石頭門推開兩扇，請唐僧裏面坐。那長老只得進去，忽抬頭看時，鋪設的都是石桌、石凳，冷氣陰陰。長老心驚，眾女子喜笑吟吟，都道："長老請坐。"長老沒奈何，只得坐了。眾女子問道："長老是何寶山？化甚麼緣？"長老道："我是東土大唐差去西天大雷音求經者。適過寶方，腹間飢餒，特造擅府，募化一齋，貧僧就行也。"眾女子道：“好！好！好！妹妹們！不可怠慢，快辦齋來。”

此時有三個女子陪着，言來語去，那四個到廚中撩衣斂袖，炊火刷鍋。你道她安排的是些甚麼東西？原來是人肉煎熬；熬得黑糊充作麵筋樣子，剜的人腦煎作豆腐塊片。兩盤兒捧到石桌上放下，對長老道：“請了。倉促間，不曾備得好齋，且將就吃些充腹。”那長老聞了一聞，見那腥膻，不敢開口，欠身合掌道：“女菩薩，貧僧是胎裏素。”眾女子笑道：“此是素的，長老莫嫌粗淡，吃些兒罷。”長老道：“實是不敢吃，恐破了戒。望菩薩放我和尚出去罷。”

那長老掙着要走，那女子攔住門，怎麼肯放，俱道：“上門的買賣，倒不好做！你往哪裏去？”她一個個都會些武藝，把長老扯住，將繩子捆了，懸樑高吊。那長老忍着疼，噙着淚，心中暗恨道：“我和尚這等命苦！只說是好人家化頓齋吃，豈知道落了火坑！徒弟啊！速來救我！”那些女子把他吊得停當，便去脫剝衣服。長老心驚，暗自忖道：“這一脫了衣服，是要打我的情了。”原來那女子們只解了上身羅衫，露出肚腹，一個個腰眼中冒出絲繩，有鴨蛋粗細，骨都都的，迸玉飛銀，時下把莊門瞞了。

卻說那行者、八戒、沙僧，都在大道之旁。他二人都放馬看擔，惟行者跳樹攀枝，摘葉尋果。忽回頭，只見一片光亮，慌得吆喝道：「不好，不好！你看那莊院如何？」八戒、沙僧共目視之，那一片，如雪又亮如雪，似銀又光似銀。八戒道：「罷了！師父遇着妖精了！我們快去救他也！」行者道：「賢弟莫嚷。等老孫去來。」好大聖，束一束虎皮裙，掣出金箍棒，兩三步跑到前邊，看見那絲繩纏了有千百層厚，穿穿道道，卻似經緯之勢；行者即舉棒欲打，又停住手道：「若是硬的便可打斷，這個軟的，只好打扁罷了。——假如驚了她，纏住老孫，反為不美。等我且問他一問再打。」

即捻一個訣，唸一個咒，拘得個土地老兒出來叫道：「大聖，當境土地叩頭。」行者道：「你且起來，我問你，此間是甚地方？」土地道：「那叫作盤絲嶺。嶺下有洞，叫作盤絲洞。洞裏有七個妖精。」行者道：「是男怪，是女怪？」土地道：「是女怪。」行者道：「她有多大神通？」土地道：「小神不知她有多大手段；只知那正南上，離此有三里之遙，有一座濯垢泉，乃天生的熱水，原是上方七仙姑的浴池。自妖精到此居住，佔了她的濯垢泉，仙姑更不曾與她爭競，我見天仙不惹妖魔怪，必定精靈有大能。」行者道：「佔了此泉何幹？」土地道：「這怪佔了浴池，一日三遭，出來洗澡。"行者聽言道："土地，你且回去，等我自家拿她罷。"那土地老兒磕了一個頭，戰兢兢的，回本廟去了。

這大聖搖身一變，變作個麻蒼蠅，釘在路旁草梢上等待。須臾間，只聽得呼呼吸吸之聲，只好有半盞茶時，絲繩皆盡，依然現出莊村，又聽得呀一聲，柴扉響處，裏邊笑語喧嘩，走出七個女子。行者在暗中細看，見她一個個攜手相攙，挨肩執袂，有說有笑的，走過橋來，果是標致。行者笑道："怪不得我師父要求化齋，原來是這一般好物。這七個美人兒，假若留住我師父，要吃也不夠一頓吃，且等我去聽她一聽，看她怎的算計。"

好大聖，嚶的一聲，飛在那前面走的女子雲鬢上釘住。才過橋來，後邊的走向前來呼道："姐姐，我們洗了澡，來蒸那胖和尚吃去。"那些女子採花鬥草向南來。到了浴池。但見一座門牆，十分壯麗。遍地野花香豔豔，後面一個女子，走上前，唿哨的一聲，把兩扇門兒推開，那中間果有一塘熱水。那浴池約有五丈餘闊，十丈多長，四尺深淺，水清徹底。底下水一似滾珠泛玉，骨都都冒將上來。四面有六七個孔竅通流。流去二三里之遙，池上又有三間亭子。亭子中近後壁放着一張八隻腳的板凳，兩山頭放着兩個彩漆的衣架。行者暗中喜嘤嘤的，一翅飛在那衣架頭上釘住。

那些女子見水又清又熱，便要洗浴，即一齊脫了衣服，搭在衣架上。即跳下水去，躍浪翻波，負水玩耍。行者道：「我若打她啊，只消把這棍子往池中一攪，便打死她，只是低了老孫的名頭。只送她一個絕後計，教她動不得身，多少是好。」好大聖，捻着訣，唸個咒，搖身一變，變作一個餓老鷹，呼的一翅，飛向前，掄開利爪，把她那衣架上搭的七套衣服，盡情叼去，徑轉嶺頭，現出本相來見八戒、沙僧。

行者道：「原來那莊村喚作盤絲洞。洞中有七個女怪，把我師父拿住，吊在洞裏，都向濯垢泉去洗浴。她都算計着洗了澡要把師父蒸吃。我跟到那裏，見她脫了衣服下水，便變作一個餓老鷹，叼了她的衣服。她都忍辱含羞，不敢出頭，蹲在水中哩。我等快去解下師父走路罷。」八戒笑道：「師兄，既見妖精，如何不打殺她，卻就去解師父！她家裏還有舊衣服，穿上一套，來趕我們。縱然不趕，她久住在此，我們取了經，還從那條路回去。那時節，她攔住了吵鬧，卻不是個仇人也？」行者道：「憑你如何主張？」八戒道：「依我，先打殺妖精，再去解放師父：

此乃'斬草除根'之計。"行者道："我是不打她。你要打，你去打她。"

八戒抖擻精神，舉着釘鈀，拽開步，徑直跑到那裏。忽地推開門看時，只見那七個女子，蹲在水裏，八戒忍不住笑道："女菩薩，在這裏洗澡哩。也攜帶我和尚洗洗，何如？"那怪見了，作怒道："你這和尚，十分無禮！你是個出家的男子，好和我們同塘洗澡？"八戒道："天氣炎熱，沒奈何，將就容我洗洗兒罷。"呆子不容説，丟了釘鈀，脱了皂錦直裰，撲地跳下水來。那怪一齊上前要打。不知八戒水勢極熟，搖身一變，變作一個鮎魚精。那怪趕上拿他不住；東邊摸，忽地又漬了西去；西邊摸，忽地又漬了東去；不久，都喘吁吁的，精神倦怠。

八戒卻才跳將上來，現了本相，穿了直裰，執着釘鈀，喝道："我是東土大唐取經的唐長老之徒弟，天蓬元帥悟能八戒是也。你把我師父吊在洞裏，算計要蒸他受用！快早伸過頭來，各築一鈀，教你斷根！"那些妖聞此言，魂飛魄散，就在水中跪拜道："我等有眼無珠，誤捉了你師父，望慈悲饒了我的性命，情願貼些盤費，送你師父往西天去也。"

呆子一味粗夯，哪有憐香惜玉之心，舉着鈀，不分好歹，趕上前亂築。那怪慌了手腳，哪裏顧甚麼羞恥，只是隨用手捂着羞處，跳出水來，都跑在亭子裏站立，作出法來：臍孔中骨都都冒出絲繩，瞞天搭了個大絲篷，把八戒罩在當中。那呆子忽抬頭，不見天日，即抽身往外便走。哪裏舉得腳步！那怪物卻將他困住，一個個跳出門來，將絲篷遮住天光，各回本洞。

到了石橋上站下，唸動真言，霎時間，把絲篷收了，赤條條的，跑入洞裏，走入石房，取幾件舊衣穿了，徑至後門口立定，叫："孩兒們何在？"原來那妖精各有一個結拜的乾兒子，喚作蜜、螞、蠦、班、蜢、蠟、蜻，忽聞一聲呼喚，都到面前，問："母親有何使令？"眾怪道："兒啊，早間我們錯惹了唐朝來的和尚，才然被他徒弟攔在池裏，出了多少醜，汝等快出門前去退他一退。"你看這些蟲蛭，一個個摩拳擦掌，出來迎敵。

卻說八戒被絲繩罩得緊緊的，猛抬頭，見絲篷絲索俱無，才一步一探，爬將起來，忍着疼，找回原路。見了行者，用手扯住道："我被那廝將絲繩罩住，寸步難移，卻才絲篷索子俱空，方得了性命回來也。"沙僧見了道："罷了，罷了！那怪一定往洞裏去傷害師父，我等快去救他！"行者聞言，急拽步便走。八戒牽着馬，急急來到莊前。但見那石橋上有七個小妖兒擋住道：“慢來！慢來！吾等在此！”行者喝道：“你是誰？”那怪道：“我乃七仙姑的兒子。你把我母親欺辱了，還敢打上我門！不要走！仔細！”好怪物，一個個亂打將來。八戒本是跌惱了的性子，又見那夥蟲蛭小巧，就發狠舉鈀來築。

那些怪見呆子兇猛，一個個現了本像，飛將起去，叫聲：“變！”須臾間，一個變十個，十個變百，百個變千個，都變成無窮之數。八戒慌了道：“哥啊，西方路上，蟲兒也欺負人哩！”行者道：“兄弟，不要怕，我自有手段！”好大聖，拔了一把毫毛，嚼得粉碎，噴將出去，即變作些黃、麻、鵊、白、鵰、魚、鷂。八戒道：“師兄，又打甚麼市語——黃啊、麻啊哩？”行者道：“你不知。黃是黃鷹，麻是麻鷹，鵊是鵊鷹，白是白鷹，鵰是鵰鷹，魚是魚鷹，鷂是鷂鷹。那妖精的兒子是七樣蟲，我的毫毛是七樣鷹。”鷹最能嗛蟲，一嘴一個，爪打翅敲，須臾，打得罄盡，滿空無跡，地積尺餘。

三兄弟方才闖過橋去，徑入洞裏。只見老師父吊在那裏哼哼地哭哩。行者即將繩索挑斷，放下師父。問道：“妖精哪裏去了？”唐僧道：“那七個都赤條條地往後邊叫兒子去了。”行者道：“兄弟們，跟我來尋去。”三人各持兵器，往後園裏尋處，不見蹤跡。都到那桃李樹上尋遍不見。沙僧道：“不必尋她，等我扶師父去也。”弟兄們復來前面，請唐僧上馬。八戒道：“你們扶師父走着，等老豬一頓鈀築倒她這房子，教她來時沒處安身。”行者笑道：“築還費力，不若尋些柴來，與她個斷根罷。”好呆子，尋了些朽松、破竹、乾柳、枯藤，點上一把火，烘烘地都燒得乾淨。師徒才放心前來。

第十八回

情因舊恨生災毒
心主遭魔幸破光

話說孫大聖扶持着唐僧，與八戒、沙僧奔上大路，一直西來。不半晌，忽見一處樓閣重重，唐僧勒馬道："徒弟，你看那是個甚麼去處？"行者舉頭觀看，報道："師父，那所在也不是王侯第宅，卻像一個庵觀寺院。"三藏聞言，加鞭促馬，來至門前觀看，門上嵌着一塊石板，上有"黃花觀"三字。三藏下馬。八戒道："黃花觀乃道士之家。我們進去會他一會也好，他與我們衣冠雖別，修行一般。"

長老依言，四眾共入，進了二門，只見那正殿緊閉，東廊下坐着一個道士，在那裏丸藥。三藏見了，厲聲高叫道："老神仙，貧僧問訊了。"那道士猛抬頭，一見心驚，丟了手中之藥，降階迎接道：“老師父，失迎了。請裏面坐。”長老歡喜上殿。推開門，見有三清聖像，即拈香注爐，禮拜三匝，遂至客位中，同徒弟們坐下。急喚仙童看茶。兩個小童，即入裏邊，尋茶盤，洗茶盞，忙忙地亂走，早驚動那幾個冤家。

原來那盤絲洞七個女怪與這道士同堂學藝。自從穿了舊衣，喚出兒子，徑來此處。正在後面裁剪衣服，忽見那童子看茶，便問明來人身份，即對童子道：“你快去遞了茶，對你師父丟個眼色，着他進來，我有要緊的話說。”

卻說道士奉茶畢，只見七個女子齊齊跪倒，叫：“師兄！聽小妹子一言！”道士用手攙起道：“有話且慢慢說罷。”女子道：“師兄，那和尚乃唐朝差往西天取經去的。今早到我洞裏化齋，妹子們聞得唐僧之名，將他拿了。後被那個長嘴大耳朵的和尚把我們攔在濯垢泉裏，先搶了衣服，後弄本事，強要同我等洗浴，後又跳出水去，現了本相。使一柄九齒釘鈀，要傷我們性命。若不是我們有些見識，幾乎遭他毒手。故此戰兢兢逃生，特來投兄長，望兄長念昔日同窗之雅，與我今日做個報冤之人！”

那道士聞此言，卻就惱恨，變了聲色道：“這和尚原來這等憊賴！你們都放心，等我擺佈他！你們都跟我來。”

眾女子相隨左右。他入房內，取了梯子，爬上屋樑，拿下一個小皮箱兒，開了鎖，取出一包兒藥來。對七個女子道：「妹妹，我這寶貝，若與凡人吃，只消一釐，入腹就死；這些和尚，只怕也有些道行，須得三釐。等我去問他。不是唐朝的便罷；若是唐朝來的，就教換茶，你卻將毒茶令童兒拿出。但吃了，個個身亡，就與你報了此仇也。」七女感激不盡。

那道士換了一件衣服，虛禮謙恭，走將出去，請唐僧等又至客位坐下，道：「老師父莫怪。適間去後面吩咐小徒，教他們挑些青菜，安排一頓素齋供養，所以失陪。」三藏道：「貧僧素手進拜，怎麼敢勞賜齋？」道士笑云：「何言素手？敢問老師父，在何寶山？到此何幹？」三藏道：「貧僧乃東土大唐駕下差往西天大雷音寺取經者。」道士聞言，滿面生春道：「老師乃忠誠大德之佛，失於遠候。恕罪！恕罪！」叫：「童兒，快去換茶來。」那小童走將進去，眾女子招呼他來道：「這裏有現成好茶，拿出去。」那童子果然將五鍾茶拿出，道士雙手將茶鍾奉與唐僧四人。

行者眼乖，接了茶鍾，早已見盤子裏那茶鍾有異樣，便道：「先生，我與你穿換一杯。」三藏道：「悟空，這仙長實乃愛客之意，你吃了罷，換怎的？"行者無奈，將左手接了，右手蓋住，看着他們。卻說那八戒，一則飢，二則渴，拿起來嘓地都嚥在肚裏。師父也吃了。沙僧也吃了。一霎時，只見八戒臉上變色，沙僧滿眼流淚，唐僧口中吐沫，都坐不住，暈倒在地。

這大聖情知是毒，將茶鍾手舉起來罵道："你這畜生！我與你有甚相干，你卻將毒藥茶藥倒我的人？"道士道："你這個村畜生，闖下禍來，你豈不知？"行者道："我們才進你們，方敍了座次，道及鄉貫，哪裏闖下甚禍？"道士道："你可曾在盤絲洞化齋麼？你可曾在濯垢泉洗澡麼？"行者道："濯垢泉乃七個女怪。你既說出這話，必定與她苟合，不要走！吃我一棒！"好大聖，去耳朵裏摸出金箍棒，望道士劈臉打來。那道士急轉身躲過，取一口寶劍來迎。

他兩個廝罵廝打，早驚動那裏邊的女怪。她七個一擁出來，叫道："師兄且莫勞心，待小妹子拿他。"行者見了，越生嗔怒，雙手掄鐵棒，滾將進去亂打。只見那七個敞開懷，腆着雪白肚子，臍孔中作出法來：骨都都絲繩亂冒，搭起一個天篷，把行者蓋在底下。行者即翻身唸聲咒語，打個筋斗，撲地撞破天篷走了；忍着性氣，立在空中看處，見那怪絲繩晃亮，頃刻間，把黃花觀的樓台殿閣都遮得無影無形。行者道："厲害！厲害！這夥怪合意同心，卻不知是個甚來歷，待我還去問那土地神也。"

好大聖，按落雲頭，捻着訣，唸聲"唵"字真言，把個土地老兒又拘來問個明白。土地叩頭道："那妖精乃是七個蜘蛛精。她吐那些絲繩，乃是蛛絲。"行者聞言，十分歡喜道："據你説，卻是小可。你回去，等我作法降她也。"那土地叩頭而去。

行者卻到黃花觀外，將尾巴上毛捋下七十根，吹口仙氣，叫："變！"即變作七十個小行者；又將金箍棒吹口仙氣，叫："變！"即變作七十個雙角叉兒棒。每一個小行者，與他一根。他自家使一根，站在外邊，將叉兒攪那絲繩，一齊着力，把那絲繩都攪斷，裏面拖出七個蜘蛛，一個個攢着手腳，索着頭，只叫："饒命！饒命！"此時七十個小行者，按住七個蜘蛛，哪裏肯放。行者道："且不要打她，只教還我師父、師弟來。"那怪厲聲高叫道："師兄，還他唐僧，救我命也！"那道士從裏邊跑出道："妹妹，我要吃唐僧哩，救不得你了。"行者聞言，大怒道："你既不還我師父，且看你妹妹的樣子！"好大聖把叉兒棒晃一晃，復了一根鐵棒，雙手舉起，把七個蜘蛛精，盡情打爛。卻又趕入裏邊來打道士。

那道士見他打死了師妹，心甚不忍，即發狠舉劍來迎。與大聖戰經五六十合，漸覺手軟；一時間鬆了筋節，便解開衣帶，唿喇的響一聲，脫了皂袍。行者笑道："我兒子！打不過人，就脫剝了也是不能夠的！"原來這道士剝了衣裳，把手一齊抬起，只見那兩脅下有一千隻眼，眼中迸放金光，十分厲害。好大聖，唸個咒語，搖身一變，變作個穿山甲，往地下一鑽。就鑽了有二十餘里，方才出頭。原來那金光只罩得十餘里。大聖出來現了本相，力軟筋麻，渾身疼痛，止不住眼中流淚。失聲叫道："師父啊！當年秉教出山中，共往西來苦用工。大海洪波無恐懼，陽溝之內卻遭風！"

正當悲切，忽聽得山背後有人啼哭，即欠身揩了眼淚，回頭觀看。但見一個婦人，身穿重孝，手執幾張燒紙黃錢，一步一聲，哭着走來。行者躬身問道："女菩薩，你哭的是甚人？"婦人噙淚道："我丈夫因與黃花觀觀主買竹竿爭講，被他將毒藥茶藥死，我將這陌紙錢燒化，以報夫婦之情。"行者聽言，眼中流淚。並將師父遇害一事，細訴一遍。

那婦女放下紙錢，對行者道："你不認得那道士。他本是個百眼魔君，又喚作多目怪。你既然脫得金光，必定有大神通，卻只是還近不得那廝。我教你去請一位聖賢，她能破得金光，降得道士。”行者聞言，連忙唱喏道："女菩薩如此來歷，煩為指教指教。果是那位聖賢，我去請來，救我師父之難，也報你丈夫之仇。”婦人道："南廂有一座山，名喚紫雲山。山中有個千花洞。洞中有位聖賢，喚作毗藍婆，她能降得此怪。”

行者謝了。辭別，把筋斗雲一縱，隨到紫雲山上。按定雲頭，就是那千花洞。這大聖喜喜歡歡走將進去，直入裏面，靜靜悄悄的，雞犬之聲也無。心中暗道："這聖賢想是不在家了。”又進數里看時，見一個女道姑坐在榻上。行者止不住腳，近前叫道："毗藍婆菩薩，問訊了。”那菩薩即下榻，合掌回禮道："大聖，失迎了。你從哪裏來的？”行者道："近保師父唐僧上西天取經，師父遇黃花觀道士，將毒藥茶藥倒。我與那廝賭鬥，他就放金光罩住我，是我使神通走脫了。聞菩薩能滅他的金光，特來拜請。”毗藍道："奈蒙大聖下臨，不可滅了求經之善，我和你去來。”

行者稱謝了。道："我忒無知，不知曾帶甚麼兵器。”菩薩道："我有個繡花針兒，能破那廝。”行者忍不住道：

"早知是繡花針，不須勞你，就問老孫要一擔也是有的。"
毗藍婆："你那繡花針，無非是鋼鐵金針，用不得。我這
寶貝，乃我小兒日眼裏煉成的。"行者道："令郎是誰？"
毗藍道："小兒乃昴日星官。"行者驚駭不已。早望見金
光豔豔，即回向毗藍道："金光處便是黃花觀也。"毗藍
隨於衣領裏取出一個繡花針，似眉毛粗細，有五六分長
短，拈在手，望空拋去。少時間，響一聲，破了金光。行
者喜道："菩薩，妙哉，妙哉！"行者卻同按下雲頭，走
入觀裏，只見那道士合了眼，不能舉步。行者罵道："你
這潑怪裝瞎子哩！"耳朵裏取出棒來就打。毗藍扯住道：
"大聖莫打。且看你師父去。"

　　行者徑至後面客位裏看時，他三人都睡在地上吐痰吐
沫哩。行者垂淚道："卻怎麼好！卻怎麼好！"毗藍道：
"大聖莫悲。我這裏有解毒丹，送你三丸。"即從袖中取
出一個破紙包兒，內將三粒紅丸子遞與行者，教放入口
裏。行者把藥扳開他們牙關，每人塞了一丸。須臾，藥味
入腹，便就一齊嘔噦，吐出毒味，得了性命。那八戒先爬
起道："悶殺我也！"三藏、沙僧俱醒了道："好暈也！"
行者道："你們那茶裏中了毒。虧這毗藍菩薩搭救，快都
來拜謝。"三藏欠身整衣謝了。

八戒道：“師兄，那道士在哪裏？為何這般害我。”行者把蜘蛛精上項事，說了一遍。八戒發狠道：“這廝既與蜘蛛為姊妹，定是妖精！”行者指道：“他在那殿外立定裝瞎子哩。”八戒拿鈀就築，又被毗藍止住道：“天蓬息怒。大聖知我洞裏無人，待我收他去看守門戶也。”行者道：“感蒙大德，豈不奉承！”毗藍即上前用手一指，那道士現了原身，乃是一條七尺長短的大蜈蚣精。毗藍使小指頭挑起，駕祥雲，徑轉千花洞去。八戒打仰道：“這媽媽兒卻也厲害。怎麼就降這般惡物？”行者笑道：“我問她有甚兵器破他金光，她道有個繡花針兒，是她兒子在日眼裏煉的。她令郎是昴日星官。我想昴日星是隻公雞，這老媽媽必定是個母雞。雞最能降蜈蚣，所以能收伏也。”

　　三藏聞言，頂禮不盡。教：“徒弟們，收拾去罷。”那沙僧即在裏面尋了些米糧，俱飽餐一頓。牽馬挑擔，請師父出門。行者從廚中放了一把火，把一座觀霎時燒得煨燼，才拽步長行。

第十九回

滅法國君殺和尚
行者剃削顯神通

話説師徒四眾，繼續西行，不覺夏時。正值那薰風初動，梅雨絲絲。正行處，忽見那路旁有兩行高柳，柳蔭中走出一個老母，右手下攙着一個小孩兒，對唐僧高叫道："和尚，不要走了，快早兒撥馬東回，再往前去，有五六里遠近，乃是滅法國。那國王前生結下冤仇，今世裏無端造罪。二年前許下一個羅天大願，要殺一萬個和尚。這兩年陸陸續續，殺夠了九千九百九十六個無名和尚，只要等四個有名的和尚，湊成一萬，好做圓滿哩。你們去，若到城中，都是送命王菩薩！"三藏聞言，心中害怕，戰兢兢地道："老菩薩，深感盛情，感謝不盡！但請問可有不進城的方便路兒，貧僧轉過去罷。"那老母笑道："轉不過去，只除是會飛的，就過去了。”

　　行者火眼金睛，其實認得好歹，——那老母攙着孩兒，原是觀音菩薩與善財童子。——慌得倒身下拜。叫道：“菩薩，弟子失迎！失迎！”那菩薩一朵彩雲，輕輕駕起，嚇得個唐長老只情跪着磕頭。八戒、沙僧也慌跪下，朝天禮拜。八戒、沙僧對行者道：“感蒙菩薩指示，前邊滅法國，要殺和尚，我等怎生奈何？”行者道：“呆子休怕！我們曾遭着那毒魔狠怪，不曾傷損；此間乃是一國凡人，有何懼哉？只奈天色將晚，且有鄉村人家，上城買賣回來的，看見我們是和尚，嚷出名去，不當穩便。且引師父尋個僻靜之處，卻好商議。”三藏依言，一行都閃下路來，到一個坑坎之下，坐定。行者道：“兄弟，你兩個好生保守師父，待老孫變化了，去那城中看看，尋一條僻路，連夜去也。”

　　好大聖，話畢，將身一縱，跳在空中。佇立在雲端裏，往下觀看。只見那城中喜氣沖融，他翩翩翻翻，飛向六街三市。傍房簷，近屋角。正行時，忽見正當中一家子，方燈籠上，寫着“安歇往來商賈”六字，下面又寫着“王小二店”四字。行者才知是飯店。又伸頭打一看，看見有八九個人，都吃了晚飯，寬了衣服，洗了腳手，各各上牀睡了。行者暗喜道：“師父過得去了。”你道他怎麼就知過得去？他要起個不良之心，等那些人睡着，要偷他的衣服、頭巾，裝作俗人進城。

那大聖使個攝去，偷取了那些衣物，早已駕雲出去。復翻身，徑至路下坑坎邊前。三藏探身凝望，見行者來至近前，即開口叫道：“徒弟，可過得滅法國麼？”行者上前放下衣物道：“師父，要過滅法國，和尚做不成。”剛才在飯店內借了這幾件衣服、頭巾，我們且扮作俗人，進城去借了宿，至四更天就起來，教店家安排了齋吃；捱到五更時候，挨城門而去，奔大路西行，就有人撞見扯住，只説是上邦欽差的，滅法王不敢阻滯，放我們來的。“沙僧道：“師兄處得最當。且依他行。”長老無奈，只得曲從。

師徒們換過俗家衣裳，忙忙牽馬挑擔，跑過那邊。此處是個太平境界，入更時分，尚未關門。徑直進去，行到王小二店門首，就有一個漢子來牽馬。行者把馬兒遞與牽進去。他引着師父，從燈影兒後面，徑上樓門。那樓上有方便的桌椅，推開窗格，映月光齊齊坐下。只見有人點上燈來。行者攔門，一口吹熄道：“這般月亮不用燈。”

那人才下去，又一個丫環拿四碗清茶。行者接住，樓下又走上一個婦人來，約有五十七八歲的模樣，一直上樓，站着旁邊。問道：“列位客官，哪裏來的？有甚寶貨？”行者道：“我們是北方來的，有幾匹䭾馬販賣。”那婦人道：“販馬的客人尚還少。先夫姓趙，不幸去世久矣。我喚作趙寡婦店。我店裏三樣兒待客。如今先小人，後君子，先把房錢講定後，好算帳。”行者道：“説得是。只管把上樣的安排將來。”那婦人滿心歡喜，即叫：“看好茶來。廚下快整治東西。”行者道：“今日且莫殺生，我們今日齋戒。”寡婦驚訝道：“官人們是長齋，是月齋？”行者道：“俱不是，我們喚作‘庚申齋’。今朝乃是庚申日，當齋；只過三更後，便開齋了。你明日殺生罷。如今且去安排些素的來，定照上樣價錢奉上。”一會，四眾吃了酒飯。

三藏在行者耳根邊悄悄地道：“哪裏睡？”行者道：“就在樓上睡。”三藏道：“不穩便。倘或睡着，這家子一時再有人來收拾，見我們或滾了帽子，露出光頭，認得是和尚，嚷將起來，卻怎麼好？”行者道：“是啊！”又去樓前跌跌腳。寡婦又上來道：“孫官人又有甚吩咐？”行者道：“我們在哪裏睡？”婦人道：“樓上好睡，沒蚊子，又是南風，大開着窗子，忒好睡覺。”行者道：“睡不得。我這朱三官兒有些寒濕氣，沙四官兒有些漏肩風。唐大哥只要在黑處睡，我也有些兒羞明。此間不是睡處。"婦人道："舍下蝸居，更無黑處，止有一張大櫃，不透風，又不透亮，往櫃裏睡去如何？"行者道："好！好！好！"即着幾個客子把櫃抬出，打開蓋兒，請他們下樓。行者引着師父，沙僧拿擔，順燈影後徑到櫃邊。八戒不管好歹，就先趴進櫃去。沙僧把行李遞入，攙着唐僧進去，沙僧也到裏邊。行者道："我的馬在哪裏？"旁有伏待的道："馬在後屋拴着吃草料哩。"行者道："牽來，緊挨着櫃兒拴住。"方才進去，叫："趙媽媽，蓋上蓋兒，鎖上鎖子，還替我們看看，那裏透亮，使些紙兒糊糊，明日早些兒來開。"寡婦道："忒小心了！"遂此各各關門去睡。

卻説他四個到了櫃裏。可憐啊！一則乍戴個頭巾，二來天氣炎熱，又悶住了氣，略不透風，他都摘了頭巾，脱了衣服，又沒把扇子，只將僧帽撲撲搧搧。你挨着我，我挨着你，直到有二更時分，卻都睡着。豈知他這店裏走堂的，挑水的，素與強盜一夥。聽見行者説有許多銀子，他就着幾個溜出去，夥了二十多個賊，明火執杖地衝開門進來，諕得那趙寡婦娘女們戰戰兢兢地關了房門，儘他外邊收拾。原來那賊不要店中家火，只尋客人。到樓上不見形跡，打着火把，四下照看，只見天井中一張大櫃，櫃腳上

拴着一匹白馬，櫃蓋緊鎖，掀翻不動。眾賊道："看這櫃
勢重，必是行囊財帛鎖在裏面。我們偷了馬，抬櫃出城，
打開分用，卻不是好？"果找起繩扛，把櫃抬着就走，晃
啊晃的。八戒醒了道："哥哥睡罷。搖甚麼？"行者道：
"莫言語！沒人搖。"三藏與沙僧忽地也醒了，道："是甚
人抬着我們哩？"行者道："莫嚷，莫嚷！等他抬！抬到
西天，也省得走路。"

　　那賊得了手，不往西去，倒抬向城東，殺守門的軍，
打開城門出去。當時就驚動六街三市，各舖上火甲人夫，
都報與巡城總兵，那總兵即點人馬弓兵，出城趕賊。那賊
見官軍勢大，不敢抵敵，放下大櫃，丟了白馬，各自落草
逃走。眾官軍不曾拿得半個強盜，只是奪下櫃，捉住馬，
得勝而回。總兵官把自家馬兒不騎，就騎上這個白馬，軍
兵把櫃子抬在總府，寫個封皮封了，令人巡守到天明啟
奏，請旨定奪。

　　挨到三更時分，行者弄個手段，順出棒來，吹口仙
氣，叫："變！"即變作三尖頭的鑽兒，挨櫃腳鑽下一個
眼子。收了鑽，搖身一變，變作個螻蟻兒，爬將出去。現
原身，踏起雲頭，徑入皇宮門外。那國王正在睡濃之際，
行者將左臂上毫毛都拔下來，吹口仙氣，叫："變！"都

變作小行者。右臂上毛，也都拔下來，吹口仙氣，叫：
"變！"都變作瞌睡蟲；唸聲真言，教當坊土地，領眾佈
散皇宮內院，五府六部，各衙門大小官員宅內，但有品職
者，都與他一個瞌睡蟲，人人穩睡，不許翻身。又將金箍
棒取在手中，晃一晃，叫聲："寶貝，變！"即變作千百
口剃頭刀兒；他拿一把，吩咐小行者各拿一把，都去皇宮
內院、五府六部、各衙門裏剃頭。這半夜剃削成功。唸動
咒語，喝退土地神祇。將身一抖，兩臂上毫毛歸伏。將剃
頭刀總捻成真，還回一條金箍棒，收來些小之形，藏於耳
內。復翻身還作螻蟻，鑽入櫃內。

卻說那皇宮內院，宮娥彩女，天不亮起來梳洗，一個
個都沒了頭髮，驚醒國王。那國王急睜睛，見皇后的頭
光，他連忙爬起來道："梓童，你如何這等？"皇后道：
"主公亦如此也。"那皇帝摸摸頭，諕得三屍呻咋，七魄
飛空，眼中流淚道："想是寡人殺害和尚……"即傳旨吩
咐："汝等不得說出落髮之事，恐文武羣臣，褒貶國家不
正。且都上殿設朝。"

話說那國王早朝，文武多官俱執表章啟奏道："主公，
望赦臣等失儀之罪。"國王道："眾卿禮貌如常，有何失
儀？"眾卿道："主公啊！不知何故，臣等一夜把頭髮都

沒了。"國王下龍床對羣臣道："果然不知何故。朕宮中大小人等，一夜也盡沒了頭髮。"君臣們都各汪汪滴淚道："從此後，再不敢殺戮和尚也。"王復上龍位，眾官各立本班。王又道："有事出班來奏，無事捲簾散朝。"只見那武班中閃出巡城總兵官，當階叩頭道："臣蒙聖旨巡城，夜來獲得賊贓一櫃，白馬一匹。微臣不敢擅專，請旨定奪。"國王大喜道："連櫃取來。"

二臣請國王開看，國王即命打開。方揭了蓋，豬八戒就忍不住往外一跳，諕得那多官膽戰，口不能言。又見孫行者攙出唐僧，沙和尚搬出行李。嚇得那官兒翻跟頭，跌倒在地。四眾俱立在階中。那國王看見是四個和尚，忙下龍床，下金鑾寶殿，同羣臣拜問道："長老何來？"三藏道："是東土大唐駕下差往西方天竺國大雷音寺取真經的。"國王道："老師遠來，為何在這櫃裏安歇？"三藏道："貧僧知陛下有願心殺和尚，不敢明投上國，扮俗人，夜至寶方飯店裏借宿。因怕人識破原身，故此在櫃中安歇。不幸被賊偷出，被總兵捉獲抬來。今得見陛下龍顏，望陛下赦放貧僧，海深恩便也！"

國王道："老師是天朝上國高僧，朕失迎迓。朕有願殺僧者，曾因僧謗了朕，朕許天願，要殺一萬和尚做圓滿。不期今反歸依，教朕等為僧。如今君臣后妃，髮都剃落了，望老師勿吝高賢，願為門下。"八戒聽言，呵呵大笑道："既要拜為門徒，有何贄見之禮？"國王道："師若肯從，願將國中財寶獻上。"行者道："莫說財寶，我和尚是有道之僧。你只把關文倒換了，送我們出城，保你皇圖永固，福壽長臻。"那國王聽說，即着光祿寺大排筵宴，君臣合同，即時倒換關文，請師父改號。行者道："陛下'法國'之名甚好，但只'滅'字不通，可改號'欽法國'，管教你風調雨順萬方安。"國王謝了恩。親送唐僧四眾出城西去。

第二十回

遍嚐辛苦到西天
見得如來取真經

卻說唐僧四眾，上了大路，不久便到西方佛地。果然與他處不同。見了些琪花、瑤草、古柏、蒼松。所過地方，家家向善，戶戶齋僧。每逢山下人修行，又見林間客誦經。師徒們夜宿曉行，又經有六七日，忽見一帶高樓，幾層傑閣。三藏舉鞭遙指道：“悟空，好去處耶！”行者道：“師父，今日到了這真境界，真佛像處，倒還不下馬？”三藏聞言，慌得翻身跳下來，已到了那樓閣門首。只見一個道童，斜立山門之前，叫道：“那來的莫非東土取經人麼？”長老急整衣，抬頭觀看，孫大聖認得他，即叫：“師父，此乃是靈山腳下玉真觀金頂大仙，他來接我們哩。”三藏方才醒悟，進前施禮。大仙笑道：“聖僧今年才到。

我被觀音菩薩哄了。她十年前領佛金旨，向東土尋取經人，原說二三年就到我處。我年年等候，渺無消息，不意今年才相逢也。"三藏合掌道："有勞大仙盛意，感激！感激！"遂此四眾牽馬挑擔，同入觀裏，卻又與大仙一一相見。即命看茶擺齋，又叫小童兒燒香湯與聖僧沐浴了，好登佛地。

次早，唐僧換了衣服，披上錦襴袈裟，戴了毗盧帽，手持錫杖，登堂拜辭大仙。大仙笑道："昨日襤褸，今日鮮明，睹此相，真佛子也。"三藏拜別就行。大仙道："且住，等我送你。"行者道："不必你送，老孫認得路。"大仙道："你認得的是雲路。聖僧還未登雲路，當從本路而行。"行者道："這個講得是。老孫雖走了幾遭，只是雲來雲去，實不曾踏着此地，還煩你送送。"那大仙笑吟吟，攜着唐僧手，接引游壇上法門。原來這條路不出山門，就是觀宇中堂，穿出後門便是。大仙指着靈山道："聖僧，你看那半天中有祥光五色，瑞藹千重的，就是靈鷲高峰，佛祖之聖境也。"唐僧見了就拜。行者笑道："師父，還不到拜處哩。離此鎮還有許遠，若拜到頂上，得多少頭磕是？"大仙道："聖僧，你與大聖、天蓬、捲簾四位，已到福地，望見靈山，我回去也。"三藏遂拜辭而去。

大聖引着唐僧等，緩步登山。不上五六里，見了一道活水，滾浪飛流，約有八九里寬闊，四無人跡。三藏心驚道：“悟空，這路來得差了。此水這般寬闊，這般洶湧，又不見舟楫，如何可渡？”行者笑道：“不差！你看那壁廂不是一座大橋？要從那橋上行過去，方成正果哩。”長老等又近前看時，橋邊有一匾，匾上有“凌雲渡”三字。原來是一根獨木橋。三藏心驚膽戰道：“悟空，這橋不是人走的。我們別尋路徑去來。”行者笑道：“正是路！正是路！”八戒慌了道：“獨獨一根木頭，又細又滑，怎生動腳？”行者道：“你都站下，等老孫走個兒你看。”

　　好大聖，拽開步，跳上獨木橋，搖搖擺擺。須臾，跑將過去，在那邊招呼道：“過來！過來！”唐僧搖手。八戒、沙僧咬指道：“難！難！難！”行者又從那邊跑過來，拉着八戒道：“呆子，跟我走，跟我走！”那八戒臥倒在地道：“滑！滑！滑！走不得！讓我駕風霧過去！”行者按住道：“這是甚麼去處，許你駕風霧？必須從此橋上走過，方可成佛。”八戒道：“哥啊，實是走不成！”

　　他兩個在那橋邊，扯扯拉拉的要鬥，三藏回頭，忽見那下溜中有一人撐一隻船來，叫道：“上渡！上渡！”長老大喜道：“徒弟，休得亂玩。那裏有隻船兒來了。”他三個跳起來站定，同眼觀看，那船兒來得至近，原來是一隻無底的船兒。行者火眼金睛，早已認得是接引佛祖，卻不題破，只管叫：「這裏來！撐攏來！」霎時撐近岸邊，又叫：「上渡！上渡！」三藏見了，又心驚道：「你這無底的破船兒，如何渡人？」孫大聖合掌稱謝道：「承盛意，接引吾師。——師父，上船去。他這船兒，雖是無底，卻穩；縱有風浪，也不得翻。」長老還自驚疑，行者扠着膊子，往上一推。那師父踏不住腳，轂轆地跌在水裏，早被撐船人一把扯起，站在船上。行者卻引沙僧、八戒，牽馬挑擔，也上了船，都立在艓艜之上。那佛祖輕輕用力撐開，不一時，穩穩當當地過了凌雲仙渡。

　　三藏才轉身，輕輕地跳上彼岸。此誠所謂廣大智慧，登彼岸無極之法。四眾上岸回頭，連無底船兒卻不知去向。行者方說是接引佛祖。三藏方才省悟，急轉身，反謝了三個徒弟。行者道：「兩不相謝。彼此皆扶持也。我等虧師父解脫，借門路修功，幸成了正果。師父也賴我等保護，喜脫了凡胎。師父，你看這面前花草松篁，鸞鳳鶴鹿之勝境，比那妖邪顯化之處，孰美孰惡？何善何兇？」三藏稱謝不已。一個個身輕體快，步上靈山之頂。又見青松林下列優婆，翠柏叢中排善士。長老就便施禮，慌得那些僧尼合掌道：“聖僧且休行禮。待見了牟尼，卻來相敘。”
行者笑道：“早哩！早哩！且去拜上位者。”

那長老手舞足蹈，隨着行者，直至雷音寺山門之外。
那廂有四大金剛迎住道：“聖僧來耶？”三藏躬身道：
“是，弟子玄奘到了。”答畢，就欲進門。金剛道：“聖僧
少待，容稟過再進。”那金剛着一個轉山門報與二門上四
大金剛，說唐僧到了；二門上又傳入三門上，說唐僧到
了；三山門內原是打供的神僧，聞得唐僧到時，急至大雄
殿下，報與如來至尊釋迦牟尼文佛說：“唐朝聖僧，到於
寶山，取經來了。”佛爺爺大喜。即召聚眾菩薩兩行排列，
卻傳金旨，召唐僧進。那裏邊，一層一節，欽依佛旨，叫：
“聖僧進來。”這唐僧循規蹈矩，同悟空、悟能、悟淨，
牽馬挑擔，徑入山門。

四眾到大雄寶殿殿前，對如來倒身下拜，將通關文
牒奉上，啟上道：“弟子玄奘，奉東土大唐皇帝旨意，遙
詣寶山，拜求真經，以濟眾生。望我佛祖垂恩，早賜回
國。”如來對三藏言曰：“你那東土乃南贍部洲。只因天
高地厚，物廣人稠，多貪多殺，多淫多誑，多欺多詐；不
向善緣，不忠不孝，不義不仁，瞞心昧己，害命殺牲，造
下無邊之孽，罪盈惡滿，致有地獄之災。有經三藏，可以

超脫苦惱，解釋災愆。阿儺、迦葉，你兩個引他四眾，到珍樓之下，先將齋食待他。齋罷，開了寶閣，將我那三藏經中，三十五部之內，各檢幾卷與他，教他傳流東土，永注洪恩。」

二尊者即奉佛旨，將他四眾，領至樓下。看不盡那奇珍異寶，擺列無窮。只見那設供的諸神，鋪排齋宴，並皆是仙品、仙餚、仙茶、仙果，珍饈百味，與凡世不同。師徒們頂禮了佛恩，隨心享用。二尊者陪奉四眾餐畢，卻入寶閣，開門登看。那廂有霞光瑞氣，籠罩千重；彩霧祥雲，遮漫萬道。

阿儺、迦葉引唐僧看遍經名，對唐僧道：「聖僧東土到此，有些甚麼人事送我們？快拿出來，好傳經與你去。」三藏聞言道：「弟子玄奘，來路迢遙，不曾備得。」二尊者笑道：「好，好，好！白手傳經繼世，後人當餓死矣！」行者見他講口扭捏，不肯傳經，忍不住叫噪道：「師父，我們去告如來，教他自家來把經與老孫也。」阿儺道：「莫嚷！此是甚麼去處，你還撒野放刁！到這邊來接着經。」八戒、沙僧耐住了性子，勸住了行者，轉身來接。一卷卷收在包裹，馱在馬上，又捆了兩擔，八戒與沙僧挑着，卻來寶座前叩頭，謝了如來，一直出門。逢一位佛祖，拜兩拜；見一尊菩薩，拜兩拜。又到大門，拜了比丘僧、尼，一一相辭，下山奔路。

卻說那寶閣上有一尊燃燈古佛，他在閣上，暗暗地聽着那傳經之事，心中甚明——原來阿儺、迦葉竟將無字之經傳去。——卻自笑云：“東土眾僧愚迷，不識無字之經，卻不枉費了聖僧這場跋涉？”問：“座邊有誰在此？”只見白雄尊者閃出。古佛吩咐道：“你可作起神威，飛星趕上唐僧，把那無字之經奪了，教他再來求取有字真經。”白雄尊者，即駕狂風，滾離了雷音寺山門之外，大作神威。那唐長老正行間，忽聞香風滾滾，只道是佛祖之禎祥，未曾提防。又聞得響一聲，半空中伸下一隻手來，將馬馱的經，輕輕搶去，諕得個三藏搥胸叫喚，八戒滾地來追，沙和尚護守着經擔，孫行者急趕去如飛。那白雄尊者，見行者趕得將近，恐他棒頭上沒眼，打傷身體，即將經包捽碎，拋在塵埃。行者見經包破落，被香風吹得飄零，卻就按下雲頭顧經，不去追趕。那白雄尊者收風斂霧，回報古佛。

八戒去追趕，見經本落下，遂與行者收拾背着，來見唐僧。唐僧滿眼垂淚道：“徒弟呀！這個極樂世界，也還有兇魔欺害哩！”沙僧接了抱着的散經，打開看時，原來並無半點字跡。慌忙遞與三藏道：“師父，這一卷沒字。”八戒打開一卷，也無字。三藏叫：“通打開來看看。”卷卷俱是白紙。長老短嘆長吁地道：“我東土人果是沒福！似這般無字的空本，取去何用？怎麼敢見唐王！”行者對唐僧道：“師父，不消説了。這就是阿儺、迦葉那廝，問我要人事，沒有，故將此白紙本子與我們來了。快回去告在如來之前，問他揹財作弊之罪。”八戒嚷道：“正是！正是！告他去來！”四眾急急回山，忙忙又轉上雷音。

不多時，到於山門之外。眾皆拱手相迎，笑道：“聖僧是換經來的？”三藏點頭稱謝。眾金剛也不阻攔，讓他進去，直至大雄殿前。行者嚷道：“如來！我師徒們受了萬蜇千魔，自東土拜到此處，蒙如來吩咐傳經，被阿儺、迦葉揹財不遂，故意將無字的白紙本兒教我們拿去，望如來救治！”佛祖笑道：“你且休嚷。他兩個問你要人事之情，我已知矣。但只是經不可輕傳，亦不可以空取。向時眾比丘聖僧下山，曾將此經在舍衛國趙長者家與他誦了一遍，保他家生者安全，亡者超脱，只討得他三斗三升米粒黃金回來。我還説他忒賣賤了，教後代兒孫沒錢使用。你如今空手來取，是以傳了白本。白本者，乃無字真經，倒也是好的。因你那東土眾生，愚迷不悟，只可以此傳之耳。"即叫："阿儺、迦葉，快將有字的真經，每部中各檢幾卷與他，來此報數。"

二尊者復領四眾，到珍樓寶閣之下，仍問唐僧要些人事。三藏無物奉承，即命沙僧取出紫金缽盂，雙手奉上道："弟子委是窮寒路遙，不曾備得人事。這缽盂乃唐王親手所賜，教弟子持此，沿路化齋。今特奉上，聊表寸心。萬望尊者將此收下，待回朝奏上唐王，定有厚謝。只是以有字真經賜下，庶不孤欽差之意、遠涉之勞也。"那阿儺接了，但微微而笑。被那些管珍樓的力士，管香積的庖丁，看閣的尊者，你抹他臉，我撲他背，彈指的，扭唇的，一個個笑道："不羞！不羞！需索取經的人事！"須臾，把臉皮都羞皺了，只是拿着缽盂不放。迦葉卻才進閣檢經，一一查與三藏。三藏卻叫："徒弟們，你們都好生看看，莫似前番。"他三人接一卷，看一卷，卻都是有字的。傳了五千零四十八卷，乃一藏之數。收拾齊整，馱在馬上。剩下的，還裝了一擔，八戒挑着。自己行李，沙僧挑着。行者牽了馬，唐僧拿了錫杖，按一按毗盧帽，抖一抖錦袈裟，才喜喜歡歡，拜別如來，與行者三人返回東土大唐。